COLLECTION POÉSIE

GUILLAUME APOLLINAIRE

Le Guetteur mélancolique

SUIVI DE

Poèmes retrouvés

NOTICE

DE MICHEL DÉCAUDIN

nrf

GALLIMARD

Le Guetteur
mélancolique

Et toi mon cœur pourquoi bas-tu

Comme un guetteur mélancolique
J'observe la nuit et la mort

Stavelot

(1899)

L'amour

L'anneau se met à l'annulaire
Après le baiser des aveux
Ce que nos lèvres murmurèrent
Est dans l'anneau des annulaires
Mets des roses dans tes cheveux

Or nous regardions les cygnes
Nager ce soir plein de tiédeur
Sur le grand lac où se résignent
Les branches des saules pleureurs
Et c'était l'heure où le jour meurt

S'en est allée l'amante
Au village voisin malgré la pluie
Sans son amant s'en est allée l'amante
Pour danser avec un autre que lui
Les femmes mentent mentent

Je ne sais plus si je l'aime
Ni si l'hiver sait mon péché
Le ciel est un manteau de laine
Et mes amours s'étant cachés
Périssent d'amour en moi-même

Acousmate

J'entends parfois une voix quiète d'absente
Dire de petits mots
Qui font que j'aimerai chaque douleur présente
Et tout l'espoir des prochains maux

Mots finissant en el comme le nom des anges
O puérilités
Le ciel que l'on médite et le miel que l'on mange
Fraîcheur du miel ô ciel d'été

Mareï

Dis-le-moi mon amour est-il vrai que tu m'aimes
Une étoile a donc lui sur nos fronts certain soir
Ah mon corps connaîtra tous les deuils des carêmes
Pour payer le bonheur que lui vaut cet espoir

Dis-le moi mon amour est-il vrai que tu m'aimes
Car je veux si c'est vrai le crier dans la nuit
Se peut-il que ma bouche et mes tristes poèmes
N'aient encore en ton âme apporté quelque ennui

Car Orphée amoureux fut tué par les femmes
Et je sais que souvent la nature entend mieux
Les sanglots de la lyre et les pleurs de nos âmes
Que les belles ô toi vers qui vont nos grands yeux

Mon amour si tu veux nous irons par les sentes
Près de nous voleront les oiseaux en émoi
Nous aurons pour calmer nos deux bouches ardentes
Des myrtilles pour toi mais ta bouche pour moi

L'écureuil a peut-être oublié des noisettes
Sur la haie Or mes dents sauront bien les briser
Et tes dents les croquer Des oiseaux sur nos têtes
Chanteront et j'aurai pour ma peine un baiser

Nous irons si tu veux par la triste bruyère
Dans l'espoir d'en trouver de la blanche veux-tu
Il faudra mon amour pour rentrer chez ta mère
Que la nuit soit venue et que tout se soit tu

Le bon sommeil

Ses lèvres sont entr'ouvertes
Le soleil est levé
Il se glisse en la chambre
Malgré les volets
Il fait tiède
Ses lèvres sont entr'ouvertes
Et ses yeux sont clos
Le visage est si calme que je devine des rêves
Quiets et doux
Très doux

Je me souviens d'avoir rêvé
Que l'on vivait
Autour
D'un grand pommier d'amour
Par de doux jours pareils aux nuits sans lune
Et l'on passait le temps à caresser les chats
Tandis que des filles brunes
Cueillaient les pommes une à une
Pour les donner aux chats

Ses lèvres sont entr'ouvertes
O les calmes respirs
Ce matin la grande chambre est si tiède

Dehors les oiseaux chantent
Et des hommes travaillent déjà

Tic tac tic tac
Je sors sur la pointe des pieds
Pour ne pas troubler le bon sommeil

La chaste Lise

La journée a été longue
Elle est passée enfin

Demain sera ce que fut aujourd'hui
Et là-bas sur la montagne
Le soir descend sur le château enchanté
Nous sommes las ce soir
Mais la maison nous attend
Avec la bonne soupe qui fume
Et dès l'aube demain
Le dur labeur
Nous reprendra
    Hélas
Bonnes gens

O mon cœur j'ai connu la triste et belle joie
D'être trahi d'amour et de l'aimer encore
O mon cœur mon orgueil je sais je suis le roi
Le roi que n'aime point la belle aux cheveux d'or

Rien n'a dit ma douleur à la belle qui dort
Pour moi je me sens fort mais j'ai pitié de toi
O mon cœur étonné triste jusqu'à la mort
J'ai promené ma rage en les soirs blancs et froids

Je suis un roi qui n'est pas sûr d'avoir du pain
Sans pleurer j'ai vu fuir mes rêves en déroute
Mes rêves aux yeux doux au visage poupin

Pour consoler ma gloire un vent a dit Écoute
Élève-toi toujours Ils te montrent la route
Les squelettes de doigts terminant les sapins

Le son du cor

Mon amour est comme un fiévreux que seul apaise
Le poison qui nourrit son mal et dont il meurt
Mon sens comme celui d'un tel que folie lèse
N'exprime plus qu'injuste et très vaine fureur

Je t'avais crue si blanche et tu es noire hélas
O toi géhenne sombre ô toi nuit sans étoiles
L'amour a incanté mes yeux tristes et las
Et tout est irréel comme embrumé de voiles

Peut-être es-tu pure immaculée ô toi
Qu'à travers ma folie j'ai proclamée impure
J'ai les yeux de l'Amour qui sont troubles d'émoi
De veilles et de pleurs et des maux qu'il endure

Vae soli

Hélas s'en sont venus à la male heure
Diogène le chien avec Onan
Le grimoire est femme lascive et pleure
De chaud désir avec toi maintenant

Or la bouche
Que voudrait ta caresse est lointaine
Des reines
Désirent entrer dans ta couche
Car delà le réel ton désir les brûla

Hélas tes mains tes mains sont tout cela
Et l'estampe est chair douce

Au prolétaire

O captif innocent qui ne sais pas chanter
Écoute en travaillant Tandis que tu te tais
Mêlés aux chocs d'outils les bruits élémentaires
Marquent dans la nature un bon travail austère
L'aquilon juste et pur ou la brise de mai
De la mauvaise usine soufflent la fumée
La terre par amour te nourrit les récoltes
Et l'arbre de science où mûrit la révolte
La mer et ses nénies dorlotent tes noyés
Et le feu le vrai feu l'étoile émerveillée
Brille pour toi la nuit comme un espoir tacite
Enchantant jusqu'au jour les bleuités du site
Où pour le pain quotidien peinent les gars
D'ahans n'ayant qu'un son le grave l'oméga

Ne coûte pas plus cher la clarté des étoiles
Que ton sang et ta vie prolétaire et tes moelles
Tu enfantes toujours de tes reins vigoureux
Des fils qui sont des dieux calmes et malheureux
Des douleurs de demain tes filles sont enceintes
Et laides de travail tes femmes sont des saintes
Honteuses de leurs mains vaines de leur chair nue
Tes pucelles voudraient un doux luxe ingénu
Qui vînt de mains gantées plus blanches que les leurs
Et s'en vont tout en joie un soir à la male heure

Or tu sais que c'est toi toi qui fis la beauté
Qui nourris les humains des injustes cités
Et tu songes parfois aux alcôves divines
Quand tu es triste et las le jour au fond des mines

Le ciel se couvre un matin de mai

Sous les citronniers tordus ombraculifères
O matin parfumé mais le soir est venu
Que mon âme était fraîche et même j'ai connu
        La raison d'être des sphères

Notre machine ronde elle tourne et m'endort
Où la vie est mortelle et vit après la mort
En latin c'est terra l'Allemand l'appelle Erde
Un clair écho peut-être a su répondre Merde

Alors j'ai su que seuls pouvaient vivre en m'aimant
Les bons vers immortels qui s'ennuient patiemment
Or le ciel était bleu comme une meurtrissure
        Mais soleil je te veux louer
Car tu revins et fis claquer sur la nature
Des rayons tout à coup cinglés comme des fouets

Il me revient quelquefois
Ce refrain moqueur
Si ton cœur cherche un cœur
Ton cœur seul est ce cœur
Et je me deux [1]
D'être tout seul
J'aurais voulu venir dans une ville et vivre
Et cela peut-être l'ai-je lu dans un livre
Que toujours il fit nuit dans la ville
Mais cela se songe seulement
Et je me voudrais fuir
Je voudrais l'inconnu de ce pays du soir
Je serais comme un aigle puisqu'il n'y aurait pas
De soleil à fixer
Que seuls fixent les aigles
Mais la nuit noire peut-être la lune maladive
Mais les hiboux des soirs
Ululant dans le noir
Mais cela se songe seulement
C'est pourquoi je me deux
Qui sait ce qui sera
Le grand sera toujours
Le vil sera toujours

1. Indicatif présent du verbe *se douloir*, ressentir de la douleur. *(Note de l'Éditeur.)*

La mort mourra toujours
Il ne faut pas
Sonder les devenirs
Même si nous pouvons
Savoir les avenirs
Il ne faut pas sonder les devenirs
Il vaut mieux vivre et jouir de la fraîcheur des soirs
Où l'on s'endort en rêvant aux delà sans espoir
Je n'avais qu'un cœur de chair
Et l'ai voulu porter
Porter en ex-voto
Mais j'en ai vu d'argent
D'argent sous les regards mornes
Des Notre-Dame
Et j'ai vu même alors
Des cœurs en or
Près des Sacré-Cœur de marbre
Des Sacré-Cœur de plâtre
Dans les cathédrales
Et je fus tout honteux
Et j'ai caché mon cœur de chair
Mon cœur vivant
Sanguinolent
Je suis sorti
Regardant avec effroi
Les cœurs d'or ou d'argent qui rutilent là-bas
Comme mon cœur m'embarrassait
Sous terre je l'ai enterré
Loin des moines passants
Et des églises
Jetez des iris noirs
Des iris noirs à pleines mains
Avec des lauriers-roses

Le cercle « la fougère »

LITTÉRAIRE ET STAVELOTAIN

Air : *A Ménilmontant*

Les braves Stavelotains
S'embêtant soirs et matins
Fondèr'nt un cercl' littéraire
De la fougère
Mais en fait d'littérature
Il n'y en a pas plus qu'au
Congo que dans la nature
Qu'à la cascad' de Coo

On essaie d'poétiser
La couqu' l'lard les ch'veux frisés
La cultur' des pomm' de terre
A la fougère
On prend quelques jolies filles
On leur donne un p'tit bécot
Puis l'soir on va-t-en famille
A la cascad' de Coo

Aux séanc's de chez Constant
On boit ferme et entre-temps
On parle un p'tit peu d'l'Affaire

A la fougère
Puis c'est m'sieur Albert Auguss'
Qui dit des vers de Frans Cop-
Pée des vers beaux mais bien pluss
Que la cascad' de Coo

Les séanc's ont lieu l'jeudi
On répète un' comédi'
Où l'on parl' pas d'adultère
A la fougère
On rit on s'baise et l'on s'aime
Il ne manque que du Clicquot
Pour être plus joyeux qu'même
La cascad' de Coo

Jamais les crépuscules ne vaincront les aurores
Étonnons-nous des soirs mais vivons les matins
Méprisons l'immuable comme la pierre ou l'or
Sources qui tariront Que je trempe mes mains
En l'onde heureuse

Rhénanes

(1901-1902)

Un soir d'été

Le Rhin
Qui coule
Un train
Qui roule

Des nixes blanches
Sont en prière
Dans la bruyère

Toutes les filles
A la fontaine
J'ai tant de peine

J'ai tant d'amour
Dit la plus belle
Qu'il soit fidèle

Et moi je l'aime
Dit sa marraine
J'ai la migraine

A la fontaine
J'ai tant de haine

Élégie

Le ciel et les oiseaux venaient se reposer
Sur deux cyprès que le vent tiède enlaçait presque
Comme un couple d'amants à leur dernier baiser
La maison près du Rhin était si romanesque

Avec ses grandes fenêtres son toit pointu
Sur lequel criait par instants la girouette
Au vent qui demandait si doucement Qu'as-tu
Et sur la porte était clouée une chouette

Nous parlions dans le vent auprès d'un petit mur
Ou lisions l'inscription d'une pierre mise
A cette place en souvenir d'un meurtre et sur
Laquelle bien souvent tu t'es longtemps assise

— Gottfried apprenti de Brühl l'an seize cent trente
Ici fut assassiné
Sa fiancée en eut une douleur touchante
Requiem æternam dona ei Domine —

Le soleil au déclin empourprait la montagne
Et notre amour saignait comme les groseilliers
Puis étoilant ce pâle automne d'Allemagne
La nuit pleurant des lueurs mourait à nos pieds

Et notre amour ainsi se mêlait à la mort
Au loin près d'un feu chantaient des bohémiennes
Un train passait les yeux ouverts sur l'autre bord
Nous regardions longtemps les villes riveraines

1901

Mille regrets

Un soir rhénan transparent pour ma nostalgie
Dans l'auberge survint deux par deux une noce
Nostalgie cigares pipes courbées en crosses
Ci-gît m'amour mal culotté ô tabagie

Du dicke Du L'amour revient en boumerang
L'amour revient à en vomir le revenant
Ils ont demandé tant de ces bouteilles longues
Comme les longs cyprès d'un grand jardin rhénan

Un phonographe enamouré pour dix pfennigs
Chanta l'amour à quatre voix de chanteurs morts
Des châtrés enrhumés en métal ces ténors
Qui n'ont jamais connu la vie ce féminin

La noce de la ville en face à l'autre rive
Et les cigares à deux gros et blonds *wie du*
La mienne aussi mon vieux était blonde aux yeux doux
Mais pas d'ici Seigneur que votre règne arrive

Mangez les tartines comme du pain bénit
Que la mariée soit soûle comme une grive
Je me souviens Amour que votre règne arrive
On ne respire plus Bonsoir la compagnie

Bonsoir la compagnie J'entends un bruit de rames
Dans la nuit sur le Rhin et le coucou chanter
Puis j'ai jasé d'amour de l'amour regretté
Avec tous les sapins changés en bonnes femmes

1901

Passion

J'adore un Christ de bois qui pâtit sur la route
Une chèvre attachée à la croix noire broute
A la ronde les bourgs souffrent la passion
Du Christ dont ma latrie aime la fiction
La chèvre a regardé les hameaux qui défaillent
A l'heure où fatigués les hommes qui travaillent
Au verger pâle au bois plaintif ou dans le champ
En rentrant tourneront leurs faces au couchant
Embaumé par les foins d'occidental cinname
Au couchant où sanglant et rond comme mon âme
Le grand soleil païen fait mourir en mourant
Avec les bourgs lointains le Christ indifférent

Neu Glück, 1901

Crépuscule

Ruines au bord du vieux Rhin
On s'embrasse bien dans votre ombre
Les mariniers qui voient de loin
Nous envoient des baisers sans nombre

La nuit arrive tout à coup
Comme l'amour dans ces ruines
Du Rhin là-bas sortent le cou
Des niebelungs et des ondines

Ne craignons rien des nains barbus
Qui dans les vignes se lamentent
Parce qu'ils n'ont pas assez bu
Écoutons les nixes qui chantent

Honnef, 1901

La Vierge à la fleur de haricot à Cologne

La Vierge au brin fleuri est une Vierge blonde
Et son petit Jésus est blond comme elle l'est
Ses yeux sont bleus et purs comme le ciel ou l'onde
Et l'on conçoit qu'elle ait conçu du Paraclet

Deux Saintes veillant dans les volets du triptyque
Pensent béatement aux martyres passés
Et s'extasient d'ouïr le plain-chant des cantiques
Des petits anges blancs dans le ciel entassés

Les trois dames et l'enfant vivaient à Cologne
Le haricot poussait dans un jardin rhénan
Et le peintre ayant vu de hauts vols de cigognes
Peignit les séraphins qui chantent maintenant

Et c'est la Vierge la plus douce du royaume
Elle vécut au bord du Rhin pieusement
Priant devant son portrait que maître Guillaume
Peignit par piété de chrétien ou d'amant

1901

Plongeon

Pique une tête pour pêcher les perles du fleuve
Dit vert qui est bleu et jaunit qu'il neige ou pleuve
Dans l'eau d'acier ton ombre te précédera
Les vents chantent Jouhé les cors cornent Trara
Tête en bas les yeux ouverts pêche la perle
Chois tout nu jambes ouvertes y grec ou pairle
Et des vapeurs pleins de mouchoirs descendent le Rhin
Sur l'autre rive et en rampant s'enfuit un train

1901

Les bacs

Les bacs du Rhin s'en vont et viennent
Au long de la belle saison
Et les passeurs qui les déchaînent
Dorment dessus dans la maison

Les bacs du Rhin y vont et viennent
Passant la vie et le trépas
Radeaux perdus on ne voit pas
Dans l'eau les chaînes qui les tiennent

Le passeur a dans la maison
Un petit lit qui n'est qu'un coffre
Un Saint Christophe à qui l'on offre
Des fleurs dans la belle saison

Un chapelet et des bouteilles
Pleines jusqu'à leur long goulot
De vrai vin clair comme le flot
D'or comme ses boucles d'oreilles

Et lorsque la cloche a sonné
Dans la nuit sur la rive adverse
Sous les étoiles sous l'averse
Le vieux passeur jure en damné

Chaussé de sandales d'étoffe
A pas sourds il va déchaîner
Et laissant la cloche sonner
Invoque le bon saint Christophe

Sur l'autre rive Entrez Jésus
Passez beau gars Venez la belle
Le bac est mieux qu'une nacelle
Pour prier pour aimer dessus

Parfois on a meilleure charge
Landaus charrettes c'est selon
De beaux vapeurs passent en long
Et le bac toujours passe en large

Passeur passe jusqu'au trépas
Les bacs toujours s'en vont et viennent
Et les chaînes qui les retiennent
Dans l'eau claire ne se voient pas

D'ahan les passeurs les déchaînent
Il faut passer il faut passer
Passer et puis recommencer
Les bacs du Rhin y vont et viennent

Andernach, 1902

Le Dôme de Cologne

Ton dernier architecte ô Dôme devint fou
Ça prouve clairement que le bon Dieu se fout
De ceux qui travaillent à sa plus grande gloire
Voilà ce que je sais Dôme de ton histoire
Témoin Hiram c'est sot calcul bâtir pour Dieu

Tu dresses tes deux tours gothiques au milieu
D'une place moderne aux dorures d'enseignes
Pourtant par tes vitraux chaque couchant tu saignes
Jusqu'au Rhin ivre d'or et sous le vent fréquent
Le sang du Christ-soleil et du bon pélican

Mais sois moderne et que tes prêtres déifiques
Tendent entre tes tours des fils télégraphiques
Et tu deviendras luth alors et l'ouragan
Fera gémir aux fils un hymne extravagant

Dôme merveille entre les merveilles du monde
La tour Eiffel et le Palais de Rosemonde
Les cigognes noires et blanches tout l'été
Imitent sur tes tours ton immobilité

Tu recèles la pourriture des rois mages
Tes respirs sont d'encens tes soupirs de nuages
O Dôme je ne suis pas le seul à t'aimer

Les anges chaque hiver viennent se déplumer
Sur tes tours et les plumes fondent comme neige
Quand revient Carnaval charnel et sacrilège

Les chevaux des chars hennissent en crescendo
Primo vers tes cent gargouilles et secundo
Vers tes chevaux en bois de Richmodis-Ado

Dans un bénitier plein Kobbes trempe sa trogne
Près d'un cuirassier blanc qui pince sans vergogne
Les fesses d'une demoiselle de Cologne

Des funkes ne tricotant plus car ils sont gris
Des onze mille vierges se croient les maris
Et les bedeaux ont peur de leurs fusils fleuris

Le Bestevater ému confesse aux trois rois mages
Que sa femme a des seins mous comme des fromages
Et qu'une autre Gertrude accepte ses hommages

Marizibill qui chante en doux plat allemand
T'élit pour rendez-vous avec son gros amant
Drikkes imberbe et roux qui rote éperdument

Et la Venetia lasse de ses névroses
Viendra vouer à Dieu demain lundi des roses
Ses linges menstruels tachés d'hématidroses

O Dôme ô l'auférant que le ciel a chapé
D'azur fourré d'hermine ô grand cheval houppé
De croix dont les vertus sont celles du pentacle
Regimbe hennis renâcle

Mes durs rêves formels sauront te chevaucher
Mon destin au char d'or sera ton beau cocher
Qui pour brides prendra les cordes de tes cloches
Sonnant à triples croches

Mais le Dôme est l'église d'un dieu merveilleux
Créé par l'homme car l'homme a créé les dieux
Comme dit Hermès Trismégiste en son Pimandre
Et tourné vers une statue au regard tendre
J'ai dit à la mère de Dieu Toi qui souris
Mets au bord des chemins des rosiers tout fleuris
Et les cueilleurs de roses diront des prières
Quand les routes en mai deviendront des rosaires

Cologne, février 1902

Poèmes à Yvonne

(1903)

Aujourd'hui, de cinq à six heures, suivi la voisine divine. Restif dirait « féïque ». Pas osé lui donner les vers faits hier.

Journal, 14 avril 1903.

Vous dont je ne sais pas le nom ô ma voisine
Mince comme une abeille ô fée apparaissant
Parfois à la fenêtre et quelquefois glissant
Serpentine onduleuse à damner ô voisine
Et pourtant sœur des fleurs ô grappe de glycine

En robe verte vous rappelez Mélusine
Et vous marchez à petits pas comme dansant
Et quand vous êtes en robe bleu-pâlissant
Vous semblez Notre-Dame des fleurs ô voisine
Madone dont la bouche est une capucine

Sinueuse comme une chaîne de monts bleus
Et lointains délicate et longue comme un ange
Fille d'enchantements mirage fabuleux
Une fée autrefois s'appelait Mélusine
O songe de mensonge avril miraculeux

Tremblante et sautillante ô vous l'oiselle étrange
Vos cheveux feuilles mortes après la vendange
Madone d'automne et des printemps fabuleux
Une fée autrefois s'appelait Mélusine
Êtes-vous Mélusine ô fée ô ma voisine

Vendredi-Saint été à la fenêtre. Fronçais sourcils à cause soleil. Ma voisine a ri, puis : « Ne vous fâchez pas si je ris ! » Nous sommes sortis ensemble au Bois. Elle a été à Monaco chez les Dames de Saint-Maur. Nous avons passé notre enfance en face l'un de l'autre. Sentimentalité et sympathie et pourtant fait noce au Casino de Paris. Je lui ai écrit prose et vers.

Journal, 27 avril 1903.

Vous êtes un verger plein de tentations
Pour la faim des passants ce sont des capucines
Des lambrusques et des fleurs de la Passion
Qui offrent tendrement deux couronnes d'épines

Vous êtes un verger de printemps et d'automne
Où les arbres se bombent au ciel monotone
Où les printemps des fleurs et l'automne des fruits
Parfument sous le ciel en même temps les nuits

Les pétales tombés des branches fruitières
Sont vos ongles cruels couleur de fleur de mai
Les pétales flétris sont comme vos paupières
O vous le printemps pur et l'automne pâmé

Lettre-poème

Beaux fruits défendus
Paradis perdu
Vase où toute fleur
Meurt avec bonheur
Jonchée de pétales
De rose hivernale
O blondeur d'abeille
Volant au soleil
Fille-fleur ô reine
Des clartés sereines
Vos cheveux qui sont
Tels des scorpions
Ont tué mon cœur
Pour vous faire honneur
Dans ma litanie
Moi je vous bénis
Vierge au Zodiaque
Je suis un peu braque
Puisque je suis fou
D'une qui s'en fout
Qui en aime un autre
Et.........
Pendant que sous le ciel
Je tiens la chandelle

Lettre-poème

Mes pauvres yeux sont pleins de vous
Comme un étang de clair de lune
Et je vous prie à deux genoux
O blonde qui paraissez brune

Yeux brûlants dans mon cœur vous laissâtes deux trous
Vous avez yeux aimés de vagues reflets roux
On vous prendrait pour deux oiseaux qui se ressemblent
Noirs oiseaux lourds de nuits yeux d'amour lourds de mort
Naïfs comme au beau temps des Dames de Saint-Maur
Et tristes quand aux cils de troubles larmes tremblent

Poèmes divers

(1900-1917)

Un son de cor
A fait gémir
Ceux qui veillent en leurs chaumières
Le bel inconnu est arrivé
Il a vu
La belle inconnue
L'a prise en croupe
Et l'auférant a henni
Ils ont fui dans le loin sombre
Là-bas delà le lac où des étoiles sombrent
La nuit
Près des grands saules pleureurs
Ils ont fui
Par les forêts et par les plaines
As-tu rêvé de ta légende prochaine
Mystérieux voleur d'infante
Et toute la langueur et la vieillesse
Des âmes de jadis
Sont venues pleurer en moi
Le gonfanon du chevalier
Est de sinople qui espère
Il flotte au loin ô mon âme en ton émoi
Et la vie s'en va là-bas
Lente et qui espère
Infante qui se meurt tristement

Parmi les nains et les bouffons
En un castel de fées
Les fées les douces fées Hideuses hideuses fées
Les lilas et l'iris et la rose de Jéricho
En un castel de fées
Où des jongleurs enchantés
Attiraient les passants
Par l'harmonie étrange
Des archiluths et des théorbes
Se mariant
A l'âme des violons
Et l'âme claire des larmes

Il n'est point comme moi
Dans les transes de la chambre endormie
Il n'a point vu d'inconnue
Se pencher sur son lit
Et le baiser au front

Mais toi Passant triste
Passant pauvre comme moi
Chemine avec moi
A l'heure où nous allons
Par des matins très mornes
Chercher la vie monotone
— Car nous avons peur de mourir —
Nous voudrions mourir
Car le siècle est tout noir
En chapeau haut de forme
Et pourtant nous courons
Et puis quand sonne l'heure
L'heure d'être passif

Aux tâches quotidiennes
Notre être se dédouble
Et nous ne songeons plus

Écoute passant
Écoute et puis sans nous connaître
Nous nous séparerons
Viens La grand-route au loin poudroie

La clef

Pour te guider ô toi que j'aime
Vois la veilleuse est allumée
Sont clos mes yeux tout pleins de gemmes

Ouvre tes yeux puisque tu m'aimes
Ouvre pour moi tes yeux fermés

Mets de l'huile dans la veilleuse
J'ai perdu la clef de mes yeux
Mes yeux aux pierres précieuses
Cherche la clef prends la veilleuse

J'emporte la veilleuse adieu

Oh je ne veux pas que tu sortes
L'automne est plein de mains coupées
Non non ce sont des feuilles mortes
Ce sont les mains de ceux qui sortent

Adieu je pars sommeille en paix

J'ai cherché longtemps sur les routes
Passant n'as-tu pas vu la clef

Rentre au logis la belle Écoute
Tant d'yeux sont clos au bord des routes
Le vent fait pleurer les saulaies

J'ai cherché longtemps par les villes
Où est la clef des yeux fermés

Des clefs J'en ai vu mille et mille
Reste avec moi dans notre ville
Tu ne la trouveras jamais

J'ai cueilli ce brin de bruyère
Mets-le sur ton cœur pour longtemps
Il me faut la clef des paupières

J'ai mis sur mon cœur les bruyères
Et souviens-toi que je t'attends

Je m'achemine vers la ville
Où rêve celui qui m'attend
Je viens à lui Mais m'attend-il
Voici les portes de la ville
Où j'ai laissé mon cœur d'antan
Ouvre si tu m'attends encore
C'est moi c'est moi ta bien-aimée

Ton amoureux hier est mort

Par pitié m'attend-il encore

Hélas j'ai vu ses yeux fermés

Toc Toc Il a fermé sa porte
Et ses yeux pleins de pierreries
Quel est donc ce mort qu'on emporte

Tu viens de toquer à sa porte

Et je suis veuve aux pieds meurtris
J'ai jeté la clef dans le lac
Soient toujours clos les yeux fermés
Je suis veuve le jour de Pâques
Des amants vont au bord du lac
Où je ne reviendrai jamais
La clef des yeux dans l'eau se rouille
Je la rapporterai demain

Mais les yeux que la mort verrouille
La Mort L'Amour La clef se rouille
La nuit descend dans les chemins

Au bord du lac sont les sandales
Et la veilleuse consumée
Sur la robe ont chu des pétales
Deux anneaux d'or près des sandales
Au soleil se sont allumés

Passèrent deux cueilleurs de roses
Vois-tu pas deux anneaux briller

Je vois des fleurs fraîches écloses
Je vois tes yeux je vois nos roses

Je vois deux anneaux d'or à tes pieds

Le printemps

Le printemps laisse errer les fiancés parjures
Et laisse feuilloler longtemps les plumes bleues
Que secoue le cyprès où niche l'oiseau bleu
Prince charmant du conte et de tendre aventure

A l'aube une madone a pris les giroflées
Elle viendra demain cueillir les églantines
Pour mettre aux nids des colombes qu'elle destine
Aux pigeons qui le soir semblent des Paraclets

Au petit bois de citronniers s'enamourèrent
D'amour que nous aimons les filles éperdues
Tout l'horizon palpite ainsi que leurs paupières
Et parmi les citrons leurs cœurs sont suspendus

Mes sœurs j'aime l'Amour Mes sœurs nous l'aimons toute
Mes sœurs l'Amour qui m'aime est peut-être égaré
Nous chercherons l'Amour ô sœur enamourée
Adieu nos cœurs dont le sang tombe goutte à goutte

Elles cherchent l'Amour qui par divin dépit
D'avoir un soir été surpris à la fontaine

Sur les iris céleurs d'yeux morts faisant pipi
Ternit la source et l'horizon de son haleine

Elles se hâtent vers le vallon décevant
Où des pigeons peut-être ont devancé l'Amour
Mais loin du val des fruits l'enfant s'est dressé pour
Lancer des flèches d'or aux beaux citrons mouvants

Et les cœurs sont percés La flèche marque l'heure
Où elles ont un soir ouï cette source qui pleure
Cette source nocturne et vu l'Amour vengé
Qui laisse errer leur peine à travers les vergers

Les pétales tombés des pêchers qui fleurissent
Sont les ongles cruels des tendres bien-aimées
Les cerisiers défleuriront au mois de mai
Leurs fleurs sont des bourgs qui là-bas se rapetissent

Que de jardins autour des villages lointains
Des hameaux sans clocher où vont les oiseleurs
Vienne le vent Adieu les bourgs de tout à l'heure
Où des gestes fatals étaient si clandestins

Les villages au vent deviennent des paupières
Voyez voyez cligner des yeux les cerisiers
Passent les oiseleurs et leurs cages d'osier
Pour les simples oiseaux qui pour nous pépièrent

Villages au soleil vous avez des jardins
Où les œillets sont gris parmi les autres plantes

Où des lézards avec dédain
Laissent passer presque maudites les tarentes

Les jardins à leurs murs ont des tentations
Pour la faim des passants Ce sont des capucines
Des lambrusques et des fleurs de la Passion
Qui offrent tendrement deux couronnes d'épines

Les bourgs et les jardins au printemps sont ardents
Le jour de mimosas la nuit de lucioles
Et les princesses nues vont de loin regardant
Le pollen lumineux et les feux qui feuillolent

Puis tout à coup l'horizon vert s'est déchiré
Montrant le violet des mers impétueuses
Le naufrage solaire aux princesses heureuses
De voir mourir un dieu qui dût les adorer

Gonfle-toi vers la nuit ô mer Les yeux des squales
Jusqu'à l'aube ont guetté de loin avidement
Des cadavres de jours rongés par les étoiles
Parmi le bruit des flots et les derniers serments

C'était une mer tiède et à peine infidèle
Sans regret apportant aux rives le canot
Où le printemps chantait pour consoler les belles
Qui crurent aux aveux évoqués par l'anneau

Et.puis le jour revint ensoleiller les places
D'une ville marine apparue contremont

Où des temples s'ouvraient dédiés à Mammon
Sur les toits se reposaient les colombes lasses

Ville dormante et pâle de l'aube venue
Sur les terrasses pourtant viennent errer celles
Qui traîtresses demain dérouleront l'échelle
Et pâmées recevront l'amant dans leurs bras nus

La barque s'en allait et les princesses mirent
Leurs pieds dans l'onde calme où chaque jour s'admirent
Les génies des grottes des alentours tandis
Que les terrasses sont désertes à midi

Puis les princesses amoureuses à la nage
Gagnèrent la grand'barque aux barcarols chantants
Et l'on vogua jusqu'au pays des Lotophages
Cueillir des cœurs nouveaux et les fleurs du printemps

Or des grèves d'Irlande aux côtes de la Chine
On les a vues partout celles que j'imagine
Les peuples accouraient acclamer leur bateau
Dans les golfes profonds sur les caps digitaux

Et les chansons d'Europe issues des laides plèbes
Redisaient l'ardeur des rameurs du renouveau
Pendant que s'éveillait d'un sommeil de pavots
Une jonque égarée en la mer des Célèbes

Faces solennelles d'équinoxe fée
J'ai créé votre allégresse éblouie et tendre

Puisque imaginer pour un homme c'est créer
Comme écrit Hermès Trismégiste en son Pimandre

Et vrai tout est joyeux réel et hors de moi
Les vents ont expiré couronnés d'anémones
Les étoiles le soir couronnent la Madone
O vierge signe pur d'un pur troisième mois

O Notre-Dame très réelle et nécessaire
Mets au bord des chemins des rosiers tout fleuris
Pour que de leurs mains les cueilleurs de roses prient
Quand les routes en mai deviendront des rosaires

1902

Avenir

Quand trembleront d'effroi les puissants les ricombres
Quand en signe de peur ils dresseront leurs mains
Calmes devant le feu les maisons qui s'effondrent
Les cadavres tout nus couchés par les chemins

Nous irons contempler le sourire des morts
Nous marcherons très lentement les yeux ravis
Foulant aux pieds sous les gibets les mandragores
Sans songer aux blessés sans regretter les vies

Il y aura du sang et sur les rouges mares
Penchés nous mirerons nos faces calmement
Et nous regarderons aux tragiques miroirs
La chute des maisons et la mort des amants

Or nous aurons bien soin de garder nos mains pures
Et nous admirerons la nuit comme Néron
L'incendie des cités l'écroulement des murs
Et comme lui indolemment nous chanterons

Nous chanterons le feu la noblesse des forges
La force des grands gars les gestes des larrons

Et la mort des héros et la gloire des torches
Qui font une auréole autour de chaque front

La beauté des printemps et les amours fécondes
La douleur des yeux bleus que le sang assouvit
Et l'aube qui va poindre et la fraîcheur des ondes
Le bonheur des enfants et l'éternelle vie

Mais nous ne dirons plus ni le mythe des veuves
Ni l'honneur d'obéir ni le son du canon
Ni le passé car les clartés de l'aube neuve
Ne feront plus vibrer la statue de Memnon

Après sous le soleil pourriront les cadavres
Et les hommes mourront nombreux en liberté
Le soleil et les morts aux terres qu'on emblave
Donnent la beauté blonde et la fécondité

Puis quand la peste aura purifié la terre
Vivront en doux amour les bienheureux humains
Paisibles et très purs car les lacs et les mers
Suffiront bien à effacer le sang des mains

1903

Un dernier chapitre

Tout le peuple se précipita sur la place publique
Il vint des hommes blancs des nègres des jaunes et
  quelques rouges
Il vint des ouvriers des usines dont les hautes cheminées
  ne fumaient plus à cause de la grève
Il vint des maçons aux vêtements maculés de plâtre
Il vint des garçons bouchers aux bras teints de sang
Des mitrons pâles de la farine qui les saupoudrait
Et des commis de commerçants de toutes sortes
Il vint des femmes terribles et portant des enfants ou en
  ayant d'autres accrochés à leurs jupes
Il vint des femmes pauvres mais effrontées plâtrées
  maquillées aux gestes étranges
Il vint des estropiés des aveugles des culs-de-jatte des
  manchots des boiteux
Il vint même des prêtres et quelques hommes mis avec
  élégance
Et hors la place la ville semblait morte ne tressaillant
  même pas

Les villes sont pleines d'amour et de douleur
Deux plantes dont la mort est la commune fleur

Les villes que j'ai vues vivaient comme des folles
Et vomissaient le soir le soleil des journées
Les villes chaque nuit ceignant une auréole
Feignaient d'être soleil tant qu'il n'était point né

Villes chair de ma vie j'aime vos nuits solaires
J'ai promené mon cœur par vos soirs blancs et froids
Et libre jusqu'au jour j'ai foulé sans colère
Les ombres projetées par les statues des rois

Les meurt-de-faim les sans-le-sou voyaient la lune
Étalée dans le ciel comme un œuf sur le plat
Les becs de gaz pissaient leur flamme au clair de lune
Les croque-morts avec des bocks tintaient des glas

O maisons dans la nuit O lits pleins de râles
De la mort des amants du bonheur des époux
Punaise au ciel du lit simulant une étoile
Et la bête à deux dos qui se tâtait le pouls

Au clair nul des bougies tombaient vaille que vaille
Des faux cols sur des flots de jupes mal brossées
Des couples d'ombres célébraient leurs accordailles
A mes yeux de dehors dans les rez-de-chaussée

La ville aux feux de nuit semblait un archipel
Des femmes demandaient l'amour et la dulie
Mais à mes yeux de mâle horreur je me rappelle
Les passantes du soir n'étaient jamais jolies

Puis le jour revenait mais parfois sans soleil
Dresser les maisons côte à côte au bord des rues
Où s'égarent nos vies aux autres vies pareilles
Les vies traînant leur ombre en passant dans la rue

Intercalées dans l'an c'étaient des journées veuves
Les vendredis sanglants et lents d'enterrements
Des blancs et des tout noirs venus des cieux qui pleurent
Quand la femme du diable a battu son amant

Le jour s'arrondissait le bon œuvre de pierre
Les remparts entouraient les murs et les maisons
La gloire des statues les croix des cimetières
La rumeur des hommes en oraison

L'oraison innombrable de la vie qui se grise
Qui veut vivre et mourir dans l'amour et l'effroi
Les usines sont plus hautes que les églises
Et les villes le jour ce sont des soleils froids

Le mendiant

Passant tu chercheras dans l'ombre cimmérienne
Mon fantôme pareil à la réalité
Mais le passeur aura voué mon corps aux chiennes
Mon spectre juste aux gueules du tricapité

Et me tenant au bord du fleuve sur qui volent
Les obscures migrations des oiseaux blancs
Je me lamenterai faute de ton obole
Au passage des riches comme moi tremblants

Sois-tu maudit Rien n'est tombé dans ma sébile
Va-t'en vers le spectacle où des acteurs feront
Gémir les femmes grâce aux grimaces flébiles
Je n'ai que ma douleur pour émouvoir Caron

Et vivant je mendie de chaque aube à la brune
Et je cesse ma plainte quand le jour s'éteint
Je reviendrai demain avec mon infortune
Voir flamber l'aurore l'Électre du matin

Tu méprises ma peine et la tienne peut-être
Ta douleur de toujours mon malheur de jamais
Nous pleurâmes C'était quand nous venions de naître
Et les yeux secs j'attends Si Thanatos m'aimait

Puisque tu veux nier la douleur positive
Adapte un masque hilare et drape l'oripeau
Va L'histrion tire la langue aux attentives
J'attends que passe Thanatos et son troupeau

Le suicidé

Trois grands lys Trois grands lys sur ma tombe sans croix
Trois blancs lys poudrés d'or que le vent effarouche
Arrosés seulement quand un ciel noir les douche
Majestueux et beaux comme sceptres des rois

L'un sort de ma plaie et quand un rayon le touche
Il se dresse sanglant c'est le lys des effrois
Trois grands lys Trois grands lys sur ma tombe sans croix
Trois blancs lys poudrés d'or que le vent effarouche

L'autre sort de mon cœur qui souffre sur la couche
Où le rongent les vers L'autre sort de ma bouche
Sur ma tombe écartée ils se dressent tous trois
Tout seuls tout seuls et maudits comme moi je crois
Trois grands lys Trois grands lys sur ma tombe sans croix

Languissez languissez blanc chapeau d'Ophélie
Vous flotterez encore entre les nénuphars
Et passant au bord du lac les Hamlets blafards
Sur la flûte joueront les airs de la folie

Vous cherrez chez les morts sur le sombre gazon
Qu'éclaire tristement une face d'Hécate
Quand trop simple chapeau du rocher de Leucate
Tombera des Saphos la froide déraison

Et voici le toquet panaché des sirènes
Il trompa les marins qu'aiment ces oiseaux-là
Il ne tournera plus au remous de Scylla
Où chantaient les trois voix suaves et sereines

Ballade

La châtelaine pâle a dit
De la tour nul ne sortira
Passent lundi mardi jeudi
Plus ne chantent les trois jongleurs
Oh les jongleurs avez-vous peur

On leur a offert des festins
Mais point n'en veulent les jongleurs
Voudraient cheminer le matin
Et les trois jongleurs ont pâli
La châtelaine est dans son lit

Dame à la servante

Vous fûtes avant d'être à mon service Anna
Femme de chambre chez une prima donna
Qui vous styla si bien étant très difficile
Qu'Hébé ne pourrait rien reprendre à votre style
Pourtant vous n'êtes pas franche mais en dessous
Vous me volez parfois et même quelques sous
Vous avez une voix qui m'agace et m'étonne
Vous employez.toujours la troisième personne
Et ni femme ni fille esclave seulement
Hors de l'humanité n'êtes qu'un instrument

Chanson

Je suis la rose
Fraîche et mi-close
Je me marie
Je suis flétrie

Je suis un lys
Vienne mon fils
La blanche fleur
Penche et se meurt.

Cet oiseau langoureux et toujours irrité
C'est un arc Ton luth c'est sur ton cœur qu'il tire
Parce que son destin n'était que ton martyre
Et son aveuglement le ciel de ta clarté

Aux vergers d'Avallon par les pommes tenté
Le chantre en maraudant a laissé choir la myrrhe
La dame sur la tour sourit quand on l'admire
Errons dans l'ombre où l'hydre a sifflé l'autre été

La Sainte Elisabeth tend la dernière rose
Au soldat qui tricote et qui marche pieds nus
Quand la nuit baise au front un enchanteur morose
. . . .

Pipe

Le chemin qui mène aux étoiles
Est pur sans ombre et sans clarté
J'ai marché mais nul geste pâle
N'atténuait la voie lactée

Souvent pour nouer leurs sandales
Ou pour cueillir des fleurs athées
Loin des vérités sidérales
Ceux de ma troupe s'arrêtaient

Et des chœurs porphyrogénètes
S'agenouillaient ingénument
C'était des saints et des poètes

Égarés dans le firmament
J'étais guidé par la chouette
Et n'ai fait aucun mouvement

Le jupon

Bonjour Germaine Vous avez un beau jupon
Un beau jupon de reine et de reine cruelle
Que j'en tâte la soie Une soie du Japon
Qu'orne un large volant d'ancienne dentelle

Cette cloche de soie où le double battant
De vos jambes tinta le glas de mes caprices
J'en sonne ma Germaine le sein haletant
Et les mains appuyées sur vos hanches complices

Votre chambre ma cloche est un charmant clocher
Où mes mains sur la soie déchirent mes oreilles
Les patères gibet des jupons accrochés
Balancent des pendus soyeux qui m'émerveillent

Immobile comme un hibou la lampe veille

La nudité des fleurs c'est leur odeur charnelle
Qui palpite et s'émeut comme un sexe femelle
Et les fleurs sans parfum sont vêtues par pudeur
Elles prévoient qu'on veut violer leur odeur

La nudité du ciel est voilée par des ailes
D'oiseaux planant d'attente émue d'amour et d'heur
La nudité des lacs frissonne aux demoiselles
Baisant d'élytres bleus leur écumeuse ardeur

La nudité des mers je l'attife de voiles
Qu'elles déchireront en gestes de rafale
Pour dévoiler au stupre aimé d'elles leurs corps

Au stupre des noyés raidis d'amour encore
Pour violer la mer vierge douce et surprise
De la rumeur des flots et des lèvres éprises

Funérailles

Plantez un romarin
Et dansez sur la tombe
Car la morte est bien morte
C'est tard et la nuit tombe

Dors bien dors bien

C'est tard et la nuit tombe
Dansons dansons en rond
La morte a clos ses yeux
Que les dévots prient Dieu

Dors bien dors bien

Que les dévots prient Dieu
Cherchons-leur des prie-Dieu
La mort a fait sa ronde
Pour nous plus tard demain

Dors bien dors bien

Pour nous plus tard demain
Plantons un romarin

Et dansons sur la tombe
La mort n'en dira rien

Dors bien dors bien

La mort n'en dira rien
Priez les dévots mornes
Nous dansons sur les tombes
La mort n'en saura rien

Dors bien dors bien

Prière

Quand j'étais un petit enfant
Ma mère ne m'habillait que de bleu et de blanc
O Sainte Vierge
M'aimez-vous encore
Moi je sais bien
Que je vous aimerai
Jusqu'à ma mort
Et cependant c'est bien fini
Je ne crois plus au ciel ni à l'enfer
Je ne crois plus je ne crois plus
Le matelot qui fut sauvé
Pour n'avoir jamais oublié
De dire chaque jour un Ave
Me ressemblait me ressemblait

L'enfant d'or

Dans la barque fuyait près d'une ombre la reine
Quand les tambours battaient et lorsque les sanglots
Secouaient le monarque ainsi que la carène
Qui tremble à l'horizon sur l'écume des flots

La chanson des rameurs sur les vagues se traîne
La reine et l'enfant d'or agitaient des grelots
Dont la fente évoquait la grenade qu'égrène
Sur l'écho des récifs le chœur des matelots

Belles chairs de cristal les joyaux les squelettes
Tombent au fond des mers où surnagèrent tant
De fleurs de cheveux roux et de rames flottant

Parmi les troupes de méduses violettes
Cortège de ta fuite ou floraison d'effroi
Et des gemmes tombaient du manteau du vieux roi

Le départ

Maudite celle-là qui ayant renoncé
A n'être qu'une amante aime la chaste Gloire
Le surnom de sa vie sera le Désespoir
Et le rire de tous l'écho de sa Pensée

O douce vie ô doux Amour que je rebute
Tendresse du printemps qui me fait défaillir
Un vol d'oiseaux divins monte comme un soupir
Dans le firmament clair de mes pures disputes

Adieu adieu Vous qui m'aimiez oubliez-moi
Laissez-moi seule triste et noire dans la gare
Attendre les yeux secs l'heure de mon départ
Puisque vous le savez je ne vous aime pas

Rayons d'un regard d'homme O cordes de ma lyre
C'est vous qui résonnez quand je chante c'est vous
La cause de l'impossible amour que j'avoue
Et qui m'avez donné la force de le dire

Et cette lyre accorde et mon cœur et ses yeux
Lyre Trop vieille image mot délicieux
Le paysage fuit et sans qu'il m'en souvienne
        O train joyeux Quel bruit tu mènes

Hélène

Sur toi Hélène souvent mon rêve rêva
Tes beaux seins fléchissaient quand Pâris t'enleva
Et savais-tu combien d'hommes avaient tes lèvres
Baisé depuis Thésée jusqu'au gardeur de chèvres

Tu étais belle encor toujours tu le seras
Et les dieux et les rois pour toi firent la guerre
Car ton corps était nu et blanc comme ton père
Le cygne amoureux qui jamais ne chantera

Si ton corps toujours nu exercé à la lutte
Inspirait l'amour Hélène fille d'un dieu
Les hymnes sans flambeau ni joueuse de flûte
Nombreux qui aux matins cernaient de bleu tes yeux

Avaient avec les ans que n'avouent pas les femmes
Fait souffrir ton visage et tes lèvres fané
Mais tes grands yeux étaient encor jeunes ô dame
Et le fard sur tes joues recouvrait les années

Mais tu n'étais point vieille et tu dois vivre encore
En quelque bourg de Grèce belle comme alors
Tu n'étais pas plus belle quand te dépucela
Le vainqueur de brigands Thésée qui te vola

Quand on entend la femelle de l'alcyon
Chanter la mort est proche et pour vivre en nos rêves
Immortelle et belle Hélène ô tentation
Bouche-toi les oreilles ô vieille aux douces lèvres

Quand te nomme un héros tous les hommes se lèvent
Hélène ô liberté ô révolutions

Venez venez fillettes
Faut pas rester sur terre
Vaut mieux vaut mieux mourir

Et dardant un rayon
Tandis qu'elles trois courent
Après un papillon

Il enflamme les filles
Les trois fillettes brunes
Soleil Faut-il mourir

On vit trois étincelles
Et puis plus rien le rêve
Le rêve et le soleil

Et je joue quelquefois du matin à la nuit
Les morceaux de musique acquis par ma grand-mère
Car les musiciens d'Allemagne m'ennuient
Et quand je m'ennuie je m'ennuie comme les pierres

Je passerais ma vie touchant mon piano
En écoutant l'ivoire ordonner l'harmonie
Cet ivoire que choque parfois mon anneau
L'harmonie des beaux airs de France et d'Italie

Les statues endormies qui rêvent toutes blanches
Dont la soif de mourir jamais ne s'étanche
Les statues blêmies
Des amours souriants et gelés
Sous la neige qui tombe
Songent aux tombes
D'amours morts
Enterrés sur un lit de roses et de verveines
En quelque Cythère lointaine
Il somnole en leur marbre un vague souvenir
D'Hellas endormie
Sous la Séléné d'or

O mon âme
Que jamais ne t'étreigne
Le froid des Paros
Sous les soleils d'avril

Les guêpes et les mouches
Ont trompetté leur haine
J'ai la tristesse d'être à la merci d'instincts
Les vers visqueux me guettent
Avec le froid des pluies
Sous terre mon cadavre verdi

Sera ma vie lointaine
Et rien
Un corps décomposé
Fleurissant en fleurs tôt fanées
    Fleurs des fiancés
    Des trépassés

    C'est le destin des hommes
    Des hommes qu'on oublie
    Guillaume
    Oui

Nuit pisane

Les dames pisanes sont descendues rêver
Dans leurs vergers où palpitent des lucioles
Et derrière les murs des flûtes des violes
Disent l'amour perdu que l'on veut retrouver

Puis quand les inconnus ont évoqué leur peine
Ou qu'ils s'en vont à l'heure où doit passer le guet
Avec ses vingt lueurs et son cri fatigué
Elles ont peur de l'ombre et de l'heure prochaine

De l'ombre où jusqu'au jour les lucioles sont
Les larmes d'un regret ardent comme une flamme
Tandis que vous sentez dans la nuit de votre âme
Des violes d'amour vibrer le dernier son

Et l'heure va venir ô belles délicates
Ne sera-ce pas l'heure enfin d'avoir sommeil
Quand passera le guet avec son cri pareil
Aux plaintes de l'amour qui vous rendit ingrates

Alors sur les perrons en écoutant mourir
La source qui languit les Pisanes penchées
Comme leur Tour et par la mort effarouchées
Attendent cependant l'amour qui va venir

Et sans remords j'ai pénétré dans la forêt
Où les arbres étaient pareils à mes paroles
Tu ne reverras plus les astres Le regret
De leurs lueurs et de leurs vaines hyperboles

Emplira ton destin Et cette humide odeur
De millénaire pourriture de ces feuilles
Ce sera le parfum de l'immobile ardeur
Qui doit t'emplir un jour sans que vif tu le veuilles

Mon destin ô Marie est de vivre à vos pieds
En redisant sans cesse O combien je vous aime
O faible voix ô faible voix qui me trompiez
Je ne sais plus comment on bâtit un poème

J'ai trouvé quelquefois des rythmes langoureux
Qui faisaient palpiter tout l'amour sous les feuilles
Et je ne trouve rien que ces vers malheureux
Qui méditent ma mort pourvu que tu la veuilles

Leur sillage s'efface Aussitôt les destins
Rient dans les moissons d'or et dans le sein des mères
Nous renaîtrons aussi nous fêtes populaires
Kermesses carrousels O fraîcheur des matins

Tendresse des longs soirs alanguis dans les Flandres
Grands ports que chaque nuit colorent les fanaux
Je me souviens de vous eau verte des canaux
Où glissent lentement les pensives bélandres

L'automne et l'écho

Je suis soumis au chef du signe de l'automne
Partant j'aime les fruits je déteste les fleurs
Je regrette chacun des baisers que je donne
Et je vis anxieux dans un concert d'odeurs

Mon automne éternel ô ma saison mentale
Les mains des amantes d'antan jonchent ton sol
Les fleurs ne laissent plus tomber aucun pétale
Les colombes le soir tentent un dernier vol

Or ma vie est debout sur un socle stylite
Vaine qui voit venir les foules que j'attends
Et vers elle souvent mon amante contrite
Vient murmurer L'amour est bleu couleur du temps

Moi je regarde les passants Leurs bouches sèches
Me disent leurs désirs au soleil embrasés
Tel qui songe à l'été voudrait mûrir les pêches
Et tel pour sa laideur demande des baisers

Je regarde et j'écoute et j'entends chaque plainte
Répétée et la plaine et les monts et les bois

S'éveillent et surpris moi je cherche une empreinte
Aux sites où riait l'imiteuse des voix

Puis lorsque j'ai trouvé la place tiède encore
Où je m'étends j'imite des cris incertains
Mais las sur ma clameur toujours la voix sonore
Et qui s'enfuit s'émeut en longs éclats lointains

Et je comprends alors O nymphe tu te moques
De ce que nous aimons les poètes et moi
Et je médite assis aux tragiques époques
Où les femmes toujours ont agi comme toi

Car Orphée amoureux fut tué par les femmes
Et Térambe invaincu rampe aux jardins d'été
Je déteste les fleurs parce qu'elles sont femmes
Et je souffre de voir partout leur nudité

Ma vie est recueillie en ma saison factice
Et je feins d'écouter la chute des fruits mûrs
Tandis qu'une araignée entre mes bras se tisse
La toile où tôt cherront les moucherons impurs

Anvers

Anvers on bâtit une tour
Ville trompée un prince arrive
Dix fois de toi fera le tour
Toutes les mains à la dérive
Maigre comme un cou de vautour

Maisons deviennent des lumières
Des corps marchent sans intellect
On dira beaucoup de prières
Pour l'œil un volatile infect
Naît soudain Œufs tricentenaires

Des noms le mien et celui qui
A la saveur du laurier femme

Hôtel

Ma chambre a la forme d'une cage
Le soleil passe son bras par la fenêtre
Mais moi qui veux fumer pour faire des mirages
J'allume au feu du jour ma cigarette
Je ne veux pas travailler je veux fumer

Le tabac à priser

Tabaquin tabaquin ma tabatière est vide
Mets-y pour deux sous de tabac mais du fin
Il fait si beau qu'en leurs bastides
Les messieurs de la ville s'en sont venus dîner
Les olives sont mûres et partout l'on entend
Les chants des oliveuses sous les oliviers

Le ciel est beau il fait tiède et je suis bien
Mais je suis si vieux que je me demande
Si je verrai le temps des lucioles

Tabaquin tiens tes deux sous
C'est du fin Merci bien tabaquin

J'ai du bon tabac
Dans ma tabatière
J'ai du bon tabac
Tu n'en auras pas

Flambe flambe ma main ô flamme qui m'éclaire
A tâtons
Ma main illuminant les astres à tâtons
Mon bras fond sous ma main qui allume ma chair
Le soleil
De montagne en montagne joue à saute-mouton

69 6666 ...6 9...

Les inverses 6 et 9
Se sont dessinés comme un chiffre étrange
69
Deux serpents fatidiques
Deux vermisseaux
Nombre impudique et cabalistique
6 : 3 et 3
9 : 3 3 et 3
La trinité
La trinité partout
Qui se retrouve
Avec la dualité
Car 6 deux fois 3
Et trinité 9 trois fois 3
69 dualité trinité
Et ces arcanes seraient plus sombres
Mais j'ai peur de les sonder
Qui sait si là n'est pas l'éternité
Par-delà la mort camuse
Qui s'amuse à faire peur
Et l'ennui m'emmantelle
Comme un vague linceul de lugubre dentelle
Ce soir

Je la connus Ah merdemore
Ensoleillée le dix-neuf août
Je la crus Béatrice ou Laure
Amour et gloire J'étais fou
Lauriers ô touffes d'ellébore

Cité de Carcassonne

Elle passe
Prenant les cœurs un à un

Donnez les cœurs
Tous les bons cœurs
Les mauvais cœurs
Les pauvres cœurs

Vous n'irez jamais
Jusqu'à ses lèvres
Oh les cœurs
Les pauvres cœurs

Elle se lasse
Et met les cœurs dans son panier

Hélas
Les cœurs n'y restent guère
N'y restent pas longtemps
N'y restent pas assez
Pas même un petit printemps

A Tristan Derème redivivus

Ami je vous écris du fond d'une cantine
Le vent crie et le ciel a sa couleur turquine
Il est bleu mais hostile Il se fait plus d'un an
Que vous n'écrivez plus de lettres Maintenant
Souhaitant m'égaler à vos héros qui meurent
Je conduis conducteur les canons qui demeurent
Quatre-vingt-dix soixante-quinze et cent vingt long
Mes chevaux argentins volent tel l'aquilon

J'ai reçu ce matin votre noble poème
Je l'ai relu vingt fois et tel qu'il est je l'aime
Vos vers les conducteurs les servants les ont lus
Et les larmes mouillaient les faces des poilus
Je voudrais bien vous voir Je vais partir en guerre
Venez un jour ici

Guillaume Apollinaire

19 janvier 1915
38e R. A. C. 70e batt. Nîmes

Ce soir est doux ce soir d'hiver tout ouaté
Dans le P. C. ça sent la pipe on fait du thé
Quelle douceur que cet hiver froid mais sans mouches
Les poux cerva ce sont des bêtes peu farouches
On les a sous la main ça peut servir un jour
On les porte sur soi mais ce n'est pas trop lourd
Les mouches Ah grands dieux j'abhorre cette engeance
Qui fut du Dieu vengeur l'ineffable vengeance
Que l'Égypte eut pour plaie et nous l'eûmes aussi
C'était l'été dernier Toutes noires ainsi
Que sont les pianos ces mouches que j'abhorre
Chantaient à leur seigneur Belzébuth Je t'adore
O Cazotte Comment peux-tu l'imaginer
Qu'un soldat quel qu'il fût se laissât entraîner
À voir dans les essaims des mouches innombrables
La plus belle qui soit des femmes adorables
Comme au temps du Diable amoureux
Belzébuth soulevait ses tourbillons affreux

1916

Léo Larguier soldat mystique ô brancardier
Les vers du caporal plaisent au brigadier
Ce secteur cent quatorze est-ce Arras ou peut-être
La ferme Choléra sinon le bois Le Prêtre
Ici la fraise est rouge et les lilas sont morts
La couleuvre se love en la paille où je dors
Quand s'éveille la nuit la Champagne tonnante
La nuit quand les convois traînent leur rumeur lente
A travers la Champagne où tonnent nos canons
Et les flacons ambrés
                                        Et si nous revenons
Dieu Que de souvenirs
                                        Je suis gai pas malade
Et comme fut Ronsard le chef d'une brigade
Agent de liaison je suis bien aguerri
J'ai l'air mâle et fier j'ai même un peu maigri
Des braves fantassins je connais les tranchées
Où les Gloires de pourpre aux créneaux attachées
Attendent que nos bleus les violent enfin
Au nez de Rosalie épouse du biffin

Êtes-vous en Argonne ou dans le Labyrinthe
Moi je ne suis pas loin de Rheims la ville sainte
Je vis dans un marais au fond d'un bois touffu

Ma hutte est en roseaux et ma table est un fût
Que j'ai trouvé naguère au bord du Bras de Vesle
Le rossignol garrule et l'Amour renouvelle
Cependant que l'obus rapace en miaulant
Abat le sapin noir ou le bouleau si blanc
Mais quand reverrons-nous une femme une chambre
Quand nous reverrons-nous Mais sera-ce en septembre
Adieu Léo Larguier ça barde en ce moment
Cent cinq et trois cent cinq Le beau bombardement
Je songe au mois de mars à vous à la tour Magne
Où est mon chocolat Les rats ont tout croqué
Et j'ajoute mon cher style communiqué
Duel d'artillerie à minuit en Champagne

1er juin 1915

Tristesse de l'automne

Vous êtes le soldat de toutes les bontés
A vous voir la douleur tremble fuit et s'étonne
Voyez votre départ attriste cet automne
Et l'hiver viendra quand vous nous aurez quittés

La guerre continue au rythme monotone
Des grands canons jetant leurs tragiques clartés
Mais quand vous serez loin quelquefois écoutez
Un chant plus doux que n'est la berceuse bretonne

Et plus doux que ne sont les chœurs napolitains
Les chants des barcarols glissant sur la lagune
Qu'un ronron d'avion volant au clair de lune
Que la voix de Memnon dans les tendres matins

C'est la chanson d'amour et de reconnaissance
Qu'élèveront vers vous tant de blessés de France

1917

Bénodet

Je vous aime ce soir où monte la marée
Bateaux de Bénodet à la voile azurée
Pêcheurs de Loctudy dont les filets d'azur
Se confondent avec la mer et le ciel pur
Cependant que l'Odet bleu comme une prière
Pâlit et que là-bas chaque phare s'éclaire

L'Odet
Est la plus bleue et la plus claire
Rivière

Loin de la guerre atroce et des coups de canon
Bénodet ne sait pas celle-là qu'il préfère
La mer aux mille écueils ou sa tendre rivière
L'Odet plus douce encore que ne sonne son nom

Mais le temps passe il faudra bien que tu t'en ailles
Laissant Quimper et le Comté de Cornouailles

Août 1917

Un cahier d'anciens croquis
Plein de portraits de femmes jeunes
Un vieux vin dont le goût exquis
En retour réclame des jeûnes

Voici la joie aussi d'entendre
D'ancienne musique tendre
Et ce charme encore nouveau
Tirer du neuf du vieux cerveau

Avoir vieux livres vieux amis
Jouir des jours mûrs de l'automne
Voilà tous les plaisirs hormis
Celui qui toujours nous étonne

Celui que l'on nomme l'amour
Pour qui seul le monde respire
Par qui tout connaît le retour
Et le départ la nuit le jour

Vivre et mourir ô mieux ô pire

1917

Les profondeurs

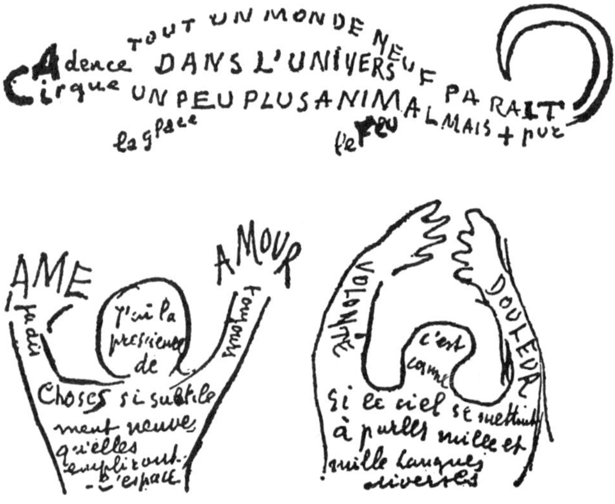

Poèmes retrouvés

Au ciel

O ciel, vétéran vêtu de défroques,
Après cinq mille ans tu nous sers encor,
Les nuages sont les trous de tes loques
Le grand soleil est ta médaille d'or!

Contemplant toujours les mondes baroques,
N'es-tu pas lassé du banal décor?
O ciel, vétéran vêtu de défroques!
Après cinq mille ans tu nous sers encor,

Parfois là-haut tu dois rire de nous,
Qui gesticulons, poussons des cris rauques
Qui prions et nous traînons à genoux
Pour avoir la gloire ou d'autres breloques?
O ciel, vétéran vêtu de défroques!

Dieu

Je veux vivre inhumain, puissant et orgueilleux
Puisque je fus créé à l'image de Dieu
Mais comme un dieu je suis très soumis au destin
Qui me laisse un regret des antiques instincts
Et prédit dans ma race un dieu juste et certain.
Voyez de l'animal un homme vous est né
Et le dieu qui sera en moi s'est incarné

L'ensemble seul est parfait. Je ne puis le voir
Ni le connaître, étant partie du tout parfait.
Je lis idéogrammes, mots et vanités
Mais la nature est seule vraie, non le grimoire.

Pourtant, esclaves indolents de nos pensées,
Nous avons la nature et nous n'y pouvons croire,
Les yeux toujours anxieux vers des étendards;
Or, la vie, forte, vit quand nous avons passé

Ne sachant pas souvent ce qui est apocryphe
Étonnés du passé, adorant le tardif
Et les astres éteints, au ciel dépareillés.

Nous renierons les temps et d'antan les idées :
Au bord des fleuves vierges nous irons pêcher
Pi-mus allant par couple en profondes eaux tristes

Et nus comme des dieux, débarrassés des lois,
Nous irons sur la route avec les anarchistes
Et nous vaincrons d'amour la vie qu'on désaima.

Mort de Pan

Flore et le chaud Phébus revenaient sur la terre,
Toujours les flots grondants se brisaient sur Cythère,
Et la blonde Vénus, adorée en ces lieux,
Dans son temple écoutait le chant des hymnes pieux.

L'Olympe s'emplissait. Le Maître du tonnerre
Mandait tous ses enfants qui venaient vers leur père.
Une étrange terreur était alors aux cieux;
Les puissants immortels étaient devenus vieux.

Mais tout à coup le ciel s'abîme dans l'espace,
Et la race divine en un instant trépasse,
Cependant qu'une voix crie au monde confus :

« Jésus va naître enfin et son règne commence;
« Il naît pauvre à Bethléem; son royaume est immense :
« Pan! le Grand Pan est mort et les dieux ne sont plus! »

Mardi gras

A mon ami Jehan Loques

Dans le jour vert, mauve ou rose
Sur lequel plane un ciel d'ennui,
Dans la nuit
Où passent les pierrots couronnés de roses,
Fantômes pâles qui rôdent en la nuit
Nuit plus étoilée que les nuits habituelles
Stellée de gemmes au scintillement pâle,
(Perle, opale,
Émeraude et spinelle)
Courent en chantant, Arlequins, Colombines,
Polichinelles au nez crochu,
Mousquetaires, marquises, diablotines,
Sous une pluie multicolore; et s'illumine
La ville en fête et jouent mirlitons, mandolines,
Tandis qu'au loin le roi déchu,
Le roi des fous est brûlé par son peuple, las!
Hélas! Carnaval, le roi Carnaval flambe!
Le roi flambe!
Chansons! Feux de Bengale
Champagne! Dithyrambe!
Le roi Carnaval flambe,
Et le canon là-bas tonne son glas.

Et la lune, veilleuse d'or pâle
Éclairant la nuit stellée de gemmes pâles
(Rubis, Émeraude, Opale)
Semble la lampe merveilleuse
De quelque gigantesque Aladdin,
La Lampe éclairant dans le jardin
Les arbres dont les fruits sont pierres précieuses,
(Perles, rubis, émeraudes, opales)
Et meurt le bruit,
Et meurt la nuit,
Et point le jour, le jour pâle.

Aurore d'hiver

L'aurore adolescente
Qui songe au soleil d'or,
— Un soleil d'hiver sans flammes éclatantes
Enchanté par les fées qui jouent sous les cieux morts, —
L'Aurore adolescente
Monte peu à peu
Si doucement qu'on peut
Voir grelottante
Rosir l'aurore pénétrée
De la fraîcheur de la dernière vêprée.
Et le soleil terne, enchanté,
Se montre enfin, sans vie,
Sans clarté,
Car les fées d'hiver les lui ont ravies,
Et l'aurore joyeuse
Heureuse,
Meurt
Tout en pleurs
Dans le ciel étonné
Quasi honteuse
D'être mère d'un soleil mort-né.

Triptyque de l'homme

I

LES POLTRONS

La Fée aux blanches mains a regardé le loin
Où son féal Gauvain chevauchait en silence,
Elle aperçoit alors le malencontre Arlion
Qui sur le gué brandit sa lourde et longue lance.

Gnomes et Korrigans au visage chafoin
Ont l'air de se moquer, mais restent à distance,
On distingue là-bas le rythme de leur danse.
La rousse Fée alors du combat est témoin.

Rutilent au soleil les métaux des armures.
Le bruit du fer couvre la voix et les murmures
Du torrent. Les preux songent à d'autres combats.

... Or, perverse, pour les exciter, sur ses hanches
Laissant tomber ses cheveux, la Fée aux mains blanches
Levant un peu la tête aperçoit tout là-bas

Les écuyers des preux cachés emmi les branches.

II

LA MAISON DE CRISTAL

Gauvain cherchait Myrdhinn et cornait dans la nuit.
Des ombres vagues erraient dans Brocéliande.
Le preux s'apeurait : « Est-ce sabbat? Rien ne luit.
Myrdhinn connaît ma voix, Dieu fasse qu'il l'entende. »

Le cor pleurait et l'écho répétait... Un bruit,
Un cri tout à coup; lors Gauvain songea : « Minuit,
Est-ce Lilith qui clame? Faut-il que j'attende
Le jour pour chercher l'Enchanteur? Hélas, si grande

Est la forêt que la voix de mon cor s'y perd!
Cornons plus fort. Peut-être pourra-t-il m'entendre
... La nuit, les bois sont noirs et se meurt l'espoir vert

Avec le jour... » — Un cri : « J'aime ta tristor tendre,
Vivlian! » — « C'est lui! », dit Gauvain qui vit
Sous cloche de cristal par la Fée asservi

Myrdhinn qui souriait irréel et ravi.

III

L'ORGUEILLEUX

Or, le Bel Inconnu, Giglain, fils de Gauvain,
Fatigué, descendit de cheval et près d'une
Fontaine s'assit et pensa : « Serait-ce en vain
Que je suis un héros et de la loi commune

Ne peut-on pas sortir ? » Mais lors il se souvint
Qu'il mangeait, qu'il dormait, et qu'il aimait le vin,
Et que, seul, la nuit et souvent même à la brune,
Il avait peur de spectres vagues sous la lune;

Puis il toussa songeant : « Les hommes sont mortels
Et toujours quoi qu'on fasse, hélas ! ils seront tels ! »
Lors il eut souvenir de fêtes triomphales,

De tournois où toujours il vainquit... Mais le preux
Connut que les Héros sont cruels et peureux.
Puis il s'enorgueillit pensant aux hommes pâles

Qui diraient ses hauts faits... imaginés par eux.

Lecture

Le moine de Santabarem
Vêtu de noir et ses mains pâles étendues
Clama « Lilith »
Et dans la nuit blême
Ululait une orfraie et le moine dit :
« Je vois Lilith qui vole poursuivie
Par trois anges... »
— Ici s'arrête le grimoire rongé des vers
Et je songe à la nuit, la lune
A son premier quartier.
Et je songe aux Empereurs byzantins.
J'aperçois quelque autel dans un nuage
D'encens
Je fleure des roses de Jéricho,
Et je vois briller des yeux adamantins de crapauds
Et je songe au grimoire,
Au parchemin rongé,
A quelque chambre noire
Où vit retiré un alchimiste.
Et je rêve et le jour prend teinte d'améthyste
Et je ne sais pourquoi
Je songe de femme à barbe et de colosse triste
Et je frissonne d'entendre en ma chambre derrière moi
Comme un bruissement de soie.

Les Doukhobors

Les Doukhobors, ô frères, mes frères lointains.
Et la Mort qui n'existe pas est venue leur dire :
« Venez ! vous serez armés de sabres, de lances, de fusils,
Vous porterez des étendards, vous serez vêtus d'uni-
formes
Et vous tuerez des hommes
Si je vous le dis,
Car l'Empereur ne veut pas tuer d'hommes,
Lui ! »

Les Doukhobors, ô frères, mes frères lointains,
Ayant de tuer la nolonté précise et touchante, innocente,
La nolonté plus forte encor de résister,
Pâles géants, Noëls altruistes et impies,
Partirent et puis un jour voyant près d'eux
Héroïque et inerte, Matveï Lebédeff
(Les chevaux sauvages hennissent dans les steppes.
On crie au loin, du milieu des steppes où l'on est libre.)
Les Doukhobors
Aiguisèrent leurs épées claires
Faites pour fendre les chairs
Et se teinter de sang.

Ils ont creusé le sol
Et le pétrole a jailli.
Sur le jet de la source bleuâtre
Source d'enfer empuantie,
Ils ont jeté les fusils, les épées, les lances,
Les idoles étendards que l'on a peur de perdre et qui flambent très bien,
Les Doukhobors las des patries
Ont fait flamber les étendards.

La Mort qui n'existe pas sonna la charge
Les cosaques chargèrent;
Mais ils eurent peur d'en trop tuer
Et ce n'était pas fraternité.
Les Doukhobors, ô frères, mes frères lointains,
Menaçante la Mort qui n'existe pas leur dit :
« Vous me niez!
Tout meurt et tout est malade autour de moi
Vous me niez!
Je mourrai (quand on meurt, je meurs)
Sur votre Liberté
Et sur votre mensonge car je suis éternelle
Et vous n'aurez jamais la Liberté réale
(Entre temps vous serez mes égaux et libres rien qu'en moi)
Que vous voulez mondiale. »
Les Doukhobors; le soleil qui radiait
Dut paraître à leurs yeux extasiés,
Espérant des remous
Océaniques
Des nations, là-bas, du côté d'Occident ou d'Amérique,
Le cou tranché d'une tête immense, intelligente,
Dont le bourreau n'osait montrer

La face et les yeux larges pétrifiés,
A la foule ivre,
Et quel sang, et quel sang, t'éclabousse, ô monde,
Sous ce cou tranché!

Parmi le tan et le plantain
Et les ruines légendaires
Chaque richard stavelotain
Ingurgitant diverses bières
Et comptant les jours révolus
En bon bourgeois songe aux affaires
Pour le reste ce sont mystères
Jusqu'au mariage c'est l'us
A Stavelot pas de putain
Le nu mérite les galères
Chère cache ce blan tétin!
Et tous pourraient jeter pierres
Les jeunes gens sont impollus
Et des défunts célibataires
Sont encore puceaux dans leurs bières
Jusqu'au mariage c'est l'us.

Chérie! tes seins sont fleurs obscures
Emmi la nuit. Chérie! tes seins
Ont fleuri d'attente. O luxure
Chérie! tes seins sont fleurs obscures

Chérie! tes seins ont des fleurs tristes,
Couleur de gants de magistrats
Chérie! tes seins outres taries
Ont des fleurs brunes et leur espoir
Est orgueilleux. Chérie tes seins!

Ma chérie oh! j'aime ta voix
Ta voix si douce et si câline
Ta voix de cloche cristalline
Ta voix de mandoline
J'aime tes yeux où je me vois
Tes yeux qui sont de l'eau qui rêve
Je voudrais, fille de l'Amblève,
T'aimer un jour... puis que je crève!
Ta bouche que tu livres à tous
Je l'aime et j'adore tes lèvres
Ton corps délicat comme un Sèvres
Et tes grâces tes grâces mièvres.
Et j'adore même ta toux
Et le frisson de quand tu tousses
Car seules quelques chattes rousses
Ont les langueurs calmes et douces
O tes lèvres je les voudrais
Tes cruelles lèvres sanguines
Tes belles lèvres purpurines
Et tes petites dents félines
Avec tu mordrais
O ma chérie O ma cruelle
Si tu l'osais. Cerise, airelle
Est ta bouche rouge ou spinelle.
Je voudrais ton corps charmant,

Les trésors que cache ta robe
Les beautés qu'elle me dérobe
Ton corps blanc et pur comme aube
Que tu gardes pour ton amant.

Se sont évanouis les fées et les démons
Quand jadis en l'étable est venu Saint Remacle
Et les moines ont fait ce si triste miracle
La mort des enchanteurs et des gnomes des monts

Or seuls mais très jaloux les elfes de l'Amblève
Ont des perles encor et troublent l'eau qui rêve
Quand un chercheur s'en vient. Mais lorsque pâle amant
Ému vient demander la perle en l'eau dormant
Un elfe la lui donne et quand il part l'incante
Afin que l'aime aussi sa dédaigneuse amante

Elles ont toutes deux
Les fleurs qui tout le jour
Ont de vagues langueurs
D'amour et de mépris
Insipides toujours
Et meurent les amants

Les lèvres carminées
Ornent leurs calmes seins
Un soir ces fleurs fanées
Iront où les années
S'en vont sitôt que nées
Et les fleurs et les Saints

E tre le beau rêveur qui file à tes pieds blancs
M on aimée, enivré par tes regards troublants
E st mon seul doux souhait ce jour de printemps tiède.
L 'iris catalogué par le grand Lacépède
I ntente à mon cœur tendre un long procès d'amour
E t de vos cheveux blonds je suis le troubadour.

Mareye

Mareye était très douce étourdie et charmante
Moi je l'aimais d'Amour m'aimait-elle, qui sait?
Je revois parfois à la lueur tremblotante
Des lointains souvenirs cet Amour trépassé.

Sur ma bouche je sens celle de mon amante
Je sens ses petites mains sur mon front glacé
Ses mains dont doucement elle me caressait
Ses rares mains de sainte pâle ou bien d'infante

Mon amante d'antan dans quels bras t'endors-tu
Pendant l'hiver saison d'amour où les vents pleurent
Où les amants ont froid où des passants se meurent

Sous les tristes sapins meurent en écoutant
Les elfes rire au vent et corner aux rafales?
Songes-tu quelquefois quand les nuits sont bien pâles
Que telles nos amours sont mortes les étoiles?

Avril qui rit ici connaît-il votre Nord
Les aurores y sont aurores boréales
Mais les femmes s'en vont libres et n'ont pas tort;
Libres, l'homme et la femme un jour vaincront la mort.
Ah! mais, pensez au Nord où les cheveux sont pâles

A mon bleu ciel des rêves feuillolent
Et tombent tout près de fleurs qui puent
Je songe pendant que je somnole
D'astres éteints de tigres repus

Toutes les roses ne sont pas roses
Tous les saules ne sont pas pleureurs
Or je sais des portes jamais closes
Et des Héros qui ont toujours peur

Tout ce que nous disons est mensonge
Et je ne crois plus aux pâmoisons
Les yeux sont pareils aux éponges
On presse on pleure et Tout est Raison

L'amoureuse

JEUNESSE

Au jardin des cyprès je filais en rêvant
Ou je suivais des yeux les flocons que le vent
Prenait à ma quenouille ou bien par les allées
Jusqu'à l'étang bleuâtre où pleurent les saulaies
Je marchais lentement m'arrêtant aux jasmins
Cueillant une ancolie ou bien tendant les mains
Vers les iris fées gardés par les grenouilles
Et pour moi les cyprès n'étaient que des quenouilles
Et mon jardin un monde où je vivais exprès
Pour y filer un jour les éternels cyprès

PREMIÈRE COMMUNION

L'adolescente pâle au milieu du cortège
Blanc d'une blancheur d'aube ou comme un jour de neige
Se souvient des parfums de son jardin d'antan
Et l'odeur de l'encens lui semble ô sacrilège
Le relent des péchés que l'on voue à Satan

Une hostie est là-bas simulant sur la palle
Le dieu qui par amour choisira la plus pâle

Celle dont la blancheur contre tout prévalut
Qui debout et les yeux sur la croix principale
Adore en sanglotant le dieu pur qui l'élut

Or avec les parfums minéens et pythiques
On brûle encor de vains péchés aromatiques
Qu'invisible en un coin vient renifler Satan
A l'heure où communie au chant bleu des cantiques
Celle qui se souvient de son jardin d'antan

L'AMOUR

Je suis lasse des rêves même
— Sous son regard j'ai tressailli —
Il m'a tout dit je sais qu'il m'aime
A son aveu j'ai défailli.
J'ai vu l'amour noyé dans les regards d'un homme
Oh! mon cœur sans le sien a battu dix-sept ans
L'amour le fera-t-il palpiter très longtemps
J'ai vu l'amour noyé dans les regards d'un homme
D'amour, il m'aime, un peu, beaucoup
— C'est bien plus que je ne mérite —
Pas du tout, il m'aime, coucou!
Il m'aime, ô gué! la marguerite!
J'eus de très doux baisers, les baisers de maman,
Et ce printemps dans le jardin qui s'enavrile
J'aurai ceux bien meilleurs d'une bouche virile
O baisers de jadis, doux baisers de maman!
Je suis lasse...

L'ENLÈVEMENT

Mes parents et les siens sont cruels et leurs âmes
Ont maudit notre amour, c'est pourquoi nuitamment
Lorsque mai répandit sa douceur nous osâmes
Accomplir mon enlèvement
Une échelle de soie aidant ma fuite heureuse
Et pour toujours je ne serai qu'une amoureuse.
Cependant j'ai prié pour que Dieu se souvînt
De ma blanche ferveur si l'amour était vain.

L'ABANDON

Or un jour son amant la quitta pour une autre
— Un hiver sans amour est bien plus froid qu'un autre —
Et délaissée elle enfanta dans la tristesse
— Les enfants des amants naissent dans la tristesse —
Puis très pâle elle fut une très douce mère
Et ne maudit jamais celui qui la fit mère.

Retourne à l'Aréthuse au fond clair de Sicile
Écoute choir les fruits au lac d'inanité
N'attente au massacreur qui des jardins t'exile
Errer au site où l'hydre a sifflé l'autre été

Nocturne

Le ciel nocturne et bas s'éblouit de la ville
Et mon cœur bat d'amour à l'unisson des vies
Qui animent la ville au-dessous des grands cieux
Et l'allument le soir sans étonner nos yeux

Les rues ont ébloui le ciel de leurs lumières
Et l'esprit éternel n'est que par la matière
Et l'amour est humain et ne vit qu'en nos vies
L'amour cet éternel qui meurt inassouvi

Les poètes

Au siècle qui s'en vient hommes et femmes fortes
Nous lutterons sans maîtres au loin des cités mortes
Sur nous tous les jours le guillotiné d'en haut
Laissera le sang pleuvoir sur nos fronts plus beaux.

Les poètes vont chantant Noël sur les chemins
Célébrant la justice et l'attendant demain
Les fleurs d'antan se sont fanées et l'on n'y pense plus
Et la fleur d'aujourd'hui demain aura vécu.

Mais sur nos cœurs des fleurs séchées fleurs de jadis
Sont toujours là immarcescibles à nos cœurs tristes
Je marcherai paisible vers les pays fameux
Où des gens s'en allaient aux horizons fumeux

Et je verrai les plaines où les canons tonnèrent
Je bercerai mes rêves sur les vastes mers
Et la vie hermétique sera mon désespoir
Et tendre je dirai me penchant vers Elle un soir

Dans le jardin les fleurs attendent que tu les cueilles
Et n'est-ce pas ? ta bouche attend que je la veuille ?

Ah! mes lèvres! sur combien de bouches mes lèvres
ont posé
Ne m'en souviendrai plus puisque j'aurai les siennes

Les siennes Vanité! Les miennes et les siennes
Ah! sur combien de bouches les lèvres ont posé
Jamais jamais heureux toujours toujours partir
Nos pauvres yeux bornés par les grandes montagnes

Par les chemins pierreux nos pauvres pieds blessés
Là-bas trop [près] du but notre bâton brisé
Et la gourde tarie et la nuit dans les bois
Les effrois et les fièvres l'insomnie et les voix

La voix d'Hérodiade en rut et amoureuse
Mordant les pâles lèvres du Baptiste décollé
Et la voix des hiboux nichés au fond des yeuses
Et l'écho qui rit la voix la voix des en allés

Et la voix de folie et de sang le rire triste
De Macbeth quand il voit au loin la forêt marcher
Et ne songe pas à s'apercevoir des reflets d'or
Soleil des grandes lances des dendrophores

L'assassin

Chaque matin quand je me lève
Une femme se dresse devant moi
Elle ressemble à tout ce qu'hier
J'ai vu de l'univers

Le jour d'avant j'ai pénétré
Dans cette chevelure
Forêt profonde forêt obscure
Où poussent et s'entrelacent
Les branches de mes pensées
Et aux usines de la face
O mon ennemie matinale
On fondait et façonnait hier
Tous les métaux de mes paroles

Et dans ses poings qui la défendent
Masses de fonte impitoyables
Je reconnais je reconnais
Les marteaux-pilons
De ma volonté

Le coin

Les vieux miséreux attendent, en battant la semelle,
qu'un patron les embauche.
Ils attendent et frissonnent, les mains dans les poches,
Ils ne se parlent pas entre eux car ils ne se connaissent
pas.
Parfois l'un d'eux murmure Nom de Dieu tout bas.

Les fiacres en roulant près du trottoir, les éclaboussent
Les passants en pardessus, sans les voir les repoussent
La pluie souvent les mouille jusqu'aux os
Ils relèvent le col de la veste courbent un peu plus le dos,
Disent Sacré bon Dieu de bon Dieu et toussent.

Ça durera jusqu'au jour où dans l'hôpital
Ils cracheront le reste de la vie en noir en pensant « Ça
y est jusqu'à la gauche »
Ils pleureront peut-être comme un petit gosse qui a mal
Et crèveront en murmurant : C'est-y l'bon Dieu qui
m'embauche ?

J'ai rêvé que j'allais à mon enterrement
Tu n'étais pas venue et j'entendais ton rire
Mais ta bouche était là ses suçons de vampire
Cerceaux rouges roulaient sous mon regard dément
Et je mourais encore en entendant ton rire

Fête

Un cor sonnait au fond de mon cœur ténébreux
On y chassait les biches de mes souvenirs
Et cette forêt qui pousse en moi et où l'on corne
        Je l'ai portée au bois

Coblence

La Moselle et le Rhin se joignent en silence
Sous les yeux innocents des filles de Coblence.
Macabre et gigantesque, un affreux monument
Montre équestre et ganté l'empereur allemand

Coblence est trop moderne et pourtant aux boutiques
Chaque enseigne dorée est en lettres gothiques.

La Ville au confluent comme entre des ciseaux
Ne reflète le soir nul feu dans ses deux eaux
Dont quelque sifflement lointain parfois s'élance
Et trouble en leur sommeil les filles de Coblence.

Carte postale à Yvonne

Les lilas mi-fleuris sont déjà parfumés
Des lanternes au loin semblent des yeux aimés
O mon âme amoureuse aujourd'hui tu défailles
Au parc crépusculaire et mouillé de Versailles

La fuite

C'est la barque où s'enfuit une amoureuse reine
Le vieux roi magnifique est venu près des flots;
Son manteau merveilleux à chaque pas égrène
Quelque bijou tintant au rythme des sanglots.

La chanson des rameurs sur les vagues se traîne
La reine et son amant l'écoutent les yeux clos,
Sans crainte d'un récif ni d'un chant de sirène
Qui s'incantent peut-être au chœur des matelots.

Horreur! horreur de nous des joyaux, des squelettes
Coulés au fond des mers où surnagèrent tant
De fleurs, de cheveux roux et de rames flottant

Parmi les troupes de méduses violettes.
L'heur des fuites est sombre et violet d'effroi.
Tant de gemmes tombaient du manteau du vieux roi.

Sakountala

Quatre étoiles tournant aux cieux
Se ressemblent de même entre elles
Que las de me scruter mes yeux
Ressemblent à ceux des gazelles

Majestueux, l'arc bandé, si
Notre roi vient chasser ici,
Qu'il laisse vivre ma gazelle
Et me blesse d'amour près d'elle...

La campagne

Nature, Nature,
Bien plus laide que moi
J'aime mieux les dessins sur le vieux mur
Que le point de vue et la fumée des toits

Retournons-nous-en! Retournons-nous-en!
Je veux revoir le beau jardin
Le beau jardin à fleurs semblables
Sur les murs de ma chambre.
Eh bien!
J'en suis vraiment malade.

Comme ces dames sont bêtes!
Et moi, moi
Je m'entête;
Je n'aime pas la couleur des vieux toits.

Comment peut-on vivre ailleurs qu'à la ville?
Ailleurs on est en exil!
A la campagne on vous fait faire des kilomètres
Pour voir des endroits aussi bêtes
Que celui qu'on a devant la porte.
Il faut avec ça prendre garde aux entorses!

— L'Angélus me ferait pleurer à genoux —
Adieu ! vous,
Pauvres arbres, mauvaise herbe, feuilles mortes
Et les si sales petits enfants
Retournons-nous-en ! Retournons-nous-en !

O France, France ma patrie
Tu m'as donné
Ma fringante coquetterie

Je voudrais être la plus belle

O France, France si chérie
Je veux t'honorer, ma patrie
Par ma belle coquetterie

Ma robe est aujourd'hui en velours raisiné
Et ma longue jaquette est genre Directoire

LE CONDOR

Cet oiseau s'appelle condor
Et que les filles ne l'ont-elles !
Savez-vous quoi ? Il n'est pas d'or
L'anneau merveilleux d'Hans Carvel.

LE MORPION

Imitons la ténacité
De cet insecte qu'on méprise
Dames, messieurs qui vous grattez
Il ne lâchera jamais prise.

LE SINGE

Lorsqu'à la cave sa main serve
Porte la viande de conserve,
On peut sans fouler la méninge
Dire : l'homme descend du singe.

L'ARAIGNÉE

On sait même chez le Papou
Que la trop crédule Araignée
S'est avec un rasoir saignée
Pour les yeux enjôleurs du Pou.

L'avion

Français, qu'avez-vous fait d'Ader l'aérien?
Il lui restait un mot, il n'en reste plus rien.

Quand il eut assemblé les membres de l'ascèse
Comme ils étaient sans nom dans la langue française
Ader devint poète et nomma l'avion.

O peuple de Paris, vous, Marseille et Lyon,
Vous tous fleuves français, vous françaises montagnes,
Habitants des cités et vous, gens des campagnes,
L'instrument à voler se nomme l'avion.

Cette douce parole eût enchanté Villon,
Les poètes prochains la mettront dans leurs rimes.

Non, tes ailes, Ader, n'étaient pas anonymes.
Lorsque pour les nommer vint le grammairien
Forger un mot savant sans rien d'aérien,
Où le sourd hiatus, l'âne qui l'accompagne
Font ensemble un mot long comme un mot d'Allemagne.

Il fallait un murmure et la voix d'Ariel
Pour nommer l'instrument qui nous emporte au ciel.

La plainte de la brise, un oiseau dans l'espace
Et c'est un mot français qui dans nos bouches passe.

L'avion! l'avion! qu'il monte dans les airs,
Qu'il plane sur les monts, qu'il traverse les mers,
Qu'il aille regarder le soleil comme Icare
Et que plus loin encore un avion s'égare
Et trace dans l'éther un éternel sillon
Mais gardons-lui le nom suave d'avion
Car du magique mot les cinq lettres habiles
Eurent cette vertu d'ouvrir les ciels mobiles.

Français qu'avez-vous fait d'Ader l'aérien?
Il lui restait un mot, il n'en reste plus rien.

1910

Le vent souffle dans l'Ile, il a plu, l'herbe humide
Fille de celle-là qu'il cueillait en rêvant
Prend un grand voile roux feuilles mortes devant
De Jean-Jacques Rousseau ce triste tombeau vide.

O Bateaux Souvenirs et vous Nuages Flottes
Qui fuyez la Sirène et les feux d'un cargo
Je suis à Villequier au milieu des pilotes
C'est ici que mourut la fille de Hugo

Ermenonville, arbres tremblants,
Temple de la philosophie
Que Rousseau gagnait à pas lents,
Bien fol, bien fol est qui s'y fie.

Veille

Pipes de nuit pipes du jour
Tout l'opium ô chevelures
Les cheveux bruns de mon amour
Et ces lenteurs tandis que dure
L'éveil des monstres tour à tour

Rencontre

Passant mêle à ta vie l'orgueil et la bonté
Surmonte l'ennemi et bois à sa santé

Honore ton outil sans le laisser inerte
Brise-le par amour au moment de ta perte

Et méprise ceci Jouir sans en pleurer
La vigne sans ivresse et le champ sans ivraie

Mon ALAMBIC vos yeux ce sont mes ALCOOLS
Et votre voix m'enivre ainsi qu'une eau-de-vie
Des clartés d'astres saouls aux monstrueux faux cols
Brûlaient votre ESPRIT sur ma nuit inassouvie

Je suis au bord de l'océan sur une plage,
Fin d'été : je vois fuir les oiseaux de passage.
Les flots en s'en allant ont laissé des lingots :
Les méduses d'argent. Il passe des cargos
Sur l'horizon lointain et je cherche ces rimes
Tandis que le vent meurt dans les pins maritimes.

Je pense à Villequier « arbres profonds et verts »
La Seine non pareille aux spectacles divers
L'Église les tombeaux et l'hôtel des pilotes
Où flotte le parfum des brunes matelotes.

Les noirceurs de mon âme ont bien plus de saveur.

Et le soleil décline avec un air rêveur
Une vague meurtrie a pâli sur le sable
Ainsi mon sang se brise en mon cœur misérable
Y déposant auprès des souvenirs noyés
L'échouage vivant de mes amours choyés.

L'océan a jeté son manteau bleu de roi
Il est sauvage et nu maintenant dans l'effroi
De ce qui vit. Mais lui défie à la tempête
Qui chante et chante et chante ainsi qu'un grand poète.

Trente ans debout à la frontière
J'arrêtai le contrebandier
Je palpai la contrebandière.
Puis quand je devins brigadier,
Un soir dans le train de dix heures
D'un homme correctement mis
Voyageant avec un permis
Je tâtai les gibbosités postérieures.

O temps lointains! lointaines gares
Que le gaz éclairait bien mal!
Le monsieur transportait quatre mille cigares
Je lui dressai procès-verbal.
Ce temps passa. Des noms : Gauguin, Cézanne
Me hantaient. Pour leur art, je laissai la douane.

Et gardant ce surnom : le douanier
Je ne suis pas, des peintres, le dernier,
Or, dans mon souvenir, une fenêtre
S'est ouverte. Je viens de reconnaître
L'ancien voyageur fier de s'être vengé
Parce que de ma faute il a mal voyagé.

Tu te souviens, Rousseau, du paysage astèque,
Des forêts où poussaient la mangue et l'ananas,
Des singes répandant tout le sang des pastèques
Et du blond empereur qu'on fusilla là-bas.

Les tableaux que tu peins, tu les vis au Mexique,
Un soleil rouge ornait le front des bananiers,
Et valeureux soldat, tu troquas ta tunique,
Contre le dolman bleu des braves douaniers.

Le malheur s'acharna sur ta progéniture
Tu perdis tes enfants et tes femmes aussi
Et te remarias avecque la peinture
Pour faire tes tableaux, enfants de ton esprit.

Nous sommes réunis pour célébrer ta gloire,
Ces vins qu'en ton honneur nous verse Picasso,
Buvons-les donc, puisque c'est l'heure de les boire
En criant tous en chœur : « Vive! vive Rousseau! »

O peintre glorieux de l'alme République
Ton nom est le drapeau des fiers Indépendants
Et dans le marbre blanc, issu du Pentélique,
On sculptera ta face, orgueil de notre temps.

Or sus! que l'on se lève et qu'on choque les verres
Et que renaisse ici la française gaîté;
Arrière noirs soucis, fuyez ô fronts sévères,
Je bois à mon Rousseau, je bois à sa santé!

Inscription pour le tombeau du peintre Henri Rousseau douanier

Gentil Rousseau tu nous entends
Nous te saluons
Delaunay sa femme Monsieur Queval et moi
Laisse passer nos bagages en franchise à la porte du ciel
Nous t'apporterons des pinceaux des couleurs des toiles
Afin que tes loisirs sacrés dans la lumière réelle
Tu les consacres à peindre comme tu tiras mon portrait
La face des étoiles

Réclame pour la maison « Walk over »

Air connu.

Il flotte dans mes bottes
Comme il pleut sur la ville
Au diable cette flotte
Qui pénètre mes bottes!

O vain tout parapluie
Fût-il grand comme un toit,
Pour de mauvais ribouis,
O le vain parapluie

Je n'eus pas la raison
D'aller à « *Walk over* »
Là, point de trahison!...
Je n'eus point de raison!...

C'est bien la pire empeigne
Qu'on vend hors de chez toi
« *Walk over* », noble enseigne,
Mes pieds ont tant de peine!

MOHICANS le dernier des
va fumer ici son calumet

voici l'HOMME le plus em...dant du quartier qui fait sa tournée des bars

Petite bouteille où monsieur Baty conserve l'antique NECTAR

Arbre qui fut jadis planté par VICTOR HUGO

Américaine apprenant la peinture la sculpture la gravure la couture l'architecture la caricature l'agriculture la littérature et faisant mille conjectures sur la nature

Simple enfant du Montparnasse se rendant chez son aviant qui l'attend en écoutant le perroquet du Lion de Belfort imiter les tramways
AL BELLE YVONNE

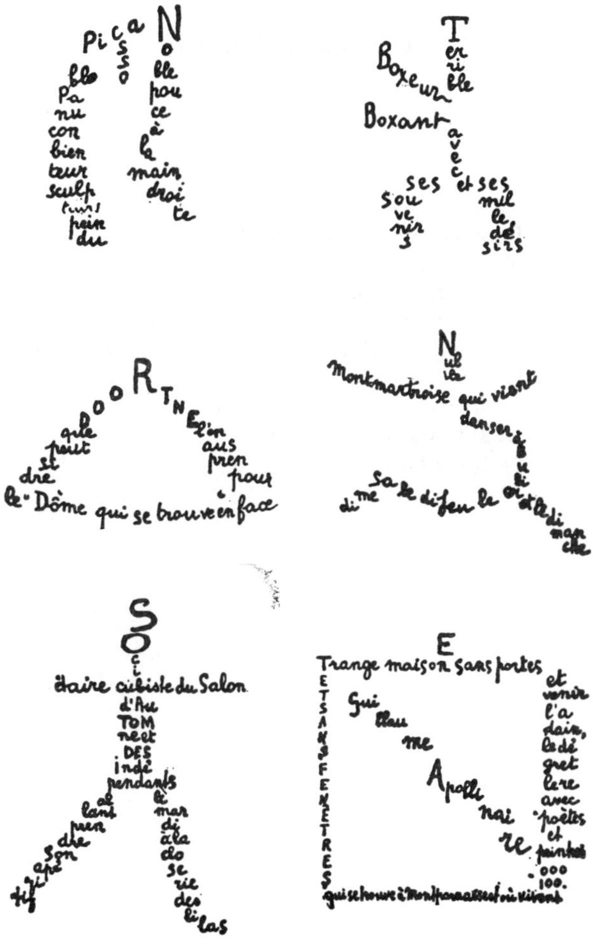
N o ble pou ce à la main droi te
Pi ca sso
Pablo Pa nu con bien teur sculp teurs pein du
T er ri ble
Boxeur
Boxant avec ses sou ve nir s et ses mil le dé sirs
R O O T N E
que l'on peut aus st dre pren pour
le Dôme qui se trouve en face
N ul le
Montmartroise qui vient danser à B u li er
Sa me di le di fen le et le di man che
S O ci étaire cubiste du Salon d'Au TOM ne et DES indé pendants
al lant pren dre son apé ri tif
le mar di à la clo se rie des li las
E
Trange maison sans portes
ET SANS FENETRES
qui se trouve à Montparnasse et où vivent
et venir l'a dain, le dé gret lere avec poètes et peintres
000 100.
Gui llau me Apolli nai re

A Francis Picabia

Praxitèle est un bandagiste
Ton orteil droit
A chanté pouilles
Au cavalier qui à Venise en a trois
En Asie Mineure ou bien en Champagne
Où les cerfs apportent leurs andouillers
Pour quels Messieurs vous le savez
Et si tu danses le tango
Noli me tangere

Arrivée du paquebot

Songais au Cydalises Flûtes les astres d'or
Ces Balaams très doux n'effacent le trésor
Au sein des nuits de mai les Françoises pâmées
Écouteront chanter Hymen ô bien aimées
Les Rossignol cachés Insulaire es-tu mort
Oiseaux des grèves Ah! Tambour oh! Homme il dort

Montre tes seins tes yeux Aurore Aurore Au
ro
r
e
Écrivons la vengeance oh! venge-nous le B
o
re

L'enfant est revenu   osmose   o doux aux doigts
Ma pipe américaine as-tu songé parfois
A la pensée de l'écho les rois ont pris les rois

Et s'avançant alors un homme fut vers elle
Et lui dit je t'adore o putain d'Isabelle
Il porte au bout du doigt ton nom avec ton Son
Disant qu'un ver à soie a dans un beau cocon
Tissé tes longs cheveux auxquels nu je m'essuie
En tétant lentement tes mamelles de truie

Banalités

VOYAGE A PARIS

Ah! la charmante chose
Quitter un pays morose
Pour Paris
Paris joli
Qu'un jour
Dut créer l'Amour
Ah! la charmante chose
Quitter un pays morose
Pour Paris

0,50

As-tu pris la pièce de dix sous
Je l'ai prise

1890

L'X

Toutes les femmes de 45 à 50 ans se souviennent d'avoir
été amoureuses de Capoul

M. CAPUS

Et de bien d'autres

En matière de religion la première cause du doute est souvent l'ennui surtout chez les jeunes gens

Il pensa qu'il ne pensait pas

Goûtant un citron j'eus comme un goût d'huile de ricin prise avec du citron et du café sans sucre

Nyctor a écarté toute préoccupation amoureuse il satisfait un rut qui le pousse et respecte la liberté d'amour de la femme

Fumer comme un condamné à mort

Le cyclope aveugle à qui on a crevé son œil dit Je suis borgne

Quelconqueries

LE PHOQUE

J'ai les yeux d'un vrai veau marin
Et de Madame Ygrec l'allure
On me voit dans tous nos meetings
Je fais de la littérature
Je suis phoque de mon état
Et comme il faut qu'on se marie
Un beau jour j'épouserai Lota
Du matin au soir l'Otarie
        Papa Maman
Pipe et tabac crachoir caf'conc'
        Laï Tou

FIORD

C'est la fête de Saint-Olaf
On excursionne en ski
D'amour on revient paf
C'est tout à fait exquis
        Pas de chichi

ÉTOILE

Je songe à Gaspard ce n'est certainement pas
Son vrai nom il voyage il a quitté la ville
Bleue Lanchi où tant d'enfants l'appelaient papa
Au fond du golfe calme en face des sept îles
Gaspard marche et regrette et le riz et le thé
La voie lactée
La nuit car naturellement il ne marche
Que la nuit attire souvent ses regards
Mais Gaspard
Sait bien qu'il ne faut pas la suivre

CHAPEAU-TOMBEAU

On a niché
Dans son tombeau
L'oiseau perché
Sur ton chapeau

Il a vécu
En Amérique
Ce petit cul
Or
Nithologique

Or
J'en ai assez
Je vais pisser

LE TEINT

Comme le soufre qui noircit
L'argent et casse l'or l'amour
Ternit mes yeux brisa aussi
        Ce cœur
Une créole à La Havane
        Le teint blanc
Sauvée par Dieu l'amour la damne

A

Linda
Ilnda
Nilda
Indla
Indal
Lnida
Lndia
Lndai
Lidna
Lidan

Adnil
Danil
Nadil
Nalid
Dilan
Lanid
Landi
Naldi
Dalni

Alnid
Aldin
Ildan

UN MATIN

Un matin d'été Nyctor marchait sur la grand-route. Il passa en un endroit où, les uns suspendus à cent pieds du sol, les autres en bas, des hommes, par le fer et la dynamite, travaillaient à faire sauter les roches afin d'établir un chemin sur la montagne.

Devant Nyctor, la route, toute blanche, éblouissante, rubannait au soleil, très loin, sans ombre, malgré les lauriers-roses aux belles fleurs qui la bordent pareils à des flambeaux allumés.

La route est parallèle à la voie du chemin de fer qui surplombe la mer et l'on se réjouit de voir l'eau bleue, blanchir en bas sur les plages de galets.

A droite la montagne tombe en falaise à laquelle sont accrochés les cactus bizarres couverts de figues de barbarie et les touffes sombres du romarin, tandis qu'au sommet des pins et des oliviers se penchent.

En ce lieu la falaise s'abaisse brusquement et n'est plus qu'un mur élevé. C'est là que sous le soleil on perçait une route.

Nyctor marchait sans hâte regardant la mer calme où quelques voiles blanches semblaient immobiles. Il était environ huit heures. Fatigués d'avoir peiné dès quatre heures, les ouvriers, des Piémontais, assis au soleil ou à l'ombre vaine des quartiers de roche, mangeaient du pain avec des tomates ou des figues.

Nyctor marchait sans songer aux misères ni aux brusques morts. Soudain il entendit un grand cri et ayant en même temps levé les yeux, il vit tomber à pic un corps précédé d'un roc qui rendit un bruit sourd et d'une barre à mine qui rebondit avec un son joyeux comme un rire clair sur le sol de rochers.

Au cri de l'homme, au fracas du roc, au rire du fer, une clameur répondit, lente et désolée, résignée aussi, prolongée par les échos. Clamée par ces hommes qui ne se dérangeaient même pas, fatalistes, restant assis à manger tristement, sachant que tout est inutile, que le repos leur est compté et qu'ils travailleront tout à l'heure exposés à la même mort. Cette plainte parut à Nyctor pareille au cri incohérent que devaient pousser les rudes hommes des primitives époques quand ils voyaient quelqu'un de leurs compagnons broyé sous les dents ou étreint par les membres puissants de quelque monstre sans qu'on pût le secourir.

Ce cri des ouvriers était harmonieux aussi : lamentation, désastre fatal.

Rapidement pour voir le mort, Nyctor monta. Le corps était couché, en plein soleil au pied de la falaise, sur les cailloux. L'homme râlait encore, doucement. Nyctor sut que ses jambes et son crâne étaient brisés, mais il ne vit rien, sinon un mince filet de sang coulant du front sur les yeux clos, un peu d'écume rougeâtre aux commissures des lèvres et les déchirures des mains. Deux hommes seulement se tenaient près de lui. L'un, brun et sérieux, d'un brin fleuri de romarin, chassait les mouches qui venaient aux lèvres et aux yeux ; l'autre, un contre-maître loquace et bon enfant, essayait de verser un peu de rhum entre les dents serrées du moribond dont on lava bientôt le visage avec de l'eau vinaigrée qu'un troisième apporta dans une cuvette.

A une question que lui fit Nyctor, le contre-maître expliqua que l'homme travaillait suspendu. Il s'était établi sur une anfractuosité et afin d'être plus à l'aise avait détaché la corde qui le tenait.

Un pan de rocher s'était effondré et contre les prévisions de l'homme avait entraîné la faible assise que le malheureux croyait solide. Nyctor vida sa bourse pour la femme et les trois enfants de l'ouvrier qui gagnait trois francs par jour.

Le corps restait étendu au soleil. Les ouvriers se reposaient, mornes, en face de la mer miroitante. On apercevait les caps verts, les golfes aux plages blanches et des villas dans les jardins au loin, vue admirable.

PETIT BALAI

Je nettoyais le trou
Voilà qu'un jeune fou
Par derrière me pince la taille
Le balai tombe au fond
Laissez mon jupon
Au même instant j'ajoute Monsieur Aïe! Aïe!
Ah! comme c'est bon
Monsieur je fonds
Ne sentez-vous pas le balai dans le trou
Un balai de chiendent
Qui est dedans
Ne t'excite pas répond-il je m'en fous
Je lui réponds M'sieu c'est désolant
J'ai perdu mon balai de chiendent
Je regarde dans le trou
On me repince la taille
Je répète encore un coup
Oh! Monsieur Aïe! Aïe!

LE REPAS

Il n'y a que la mère et les deux fils
Tout est ensoleillé
La table est ronde
Derrière la chaise où s'assied la mère
Il y a la fenêtre
D'où l'on voit la mer
Briller sous le soleil
Les caps aux feuillages sombres des pins et des oliviers
Et plus près les villas aux toits rouges
Aux toits rouges où fument les cheminées
Car c'est l'heure du repas
Tout est ensoleillé
Et sur la nappe glacée
La bonne affairée
Dépose un plat fumant
Le repas n'est pas une action vile
Et tous les hommes devraient avoir du pain
La mère et les deux fils mangent et parlent
Et des chants de gaîté accompagnent le repas
Les bruits joyeux des fourchettes et des assiettes
Et le son clair du cristal des verres
Par la fenêtre ouverte viennent les chants des oiseaux
Dans les citronniers
Et de la cuisine arrive
La chanson vive du beurre sur le feu
Un rayon traverse un verre presque plein de vin mélangé d'eau
Oh! le beau rubis que font du vin rouge et du soleil
Quand la faim est calmée
Les fruits gais et parfumés
Terminent le repas

Tous se lèvent joyeux et adorent la vie
Sans dégoût de ce qui est matériel
Songeant que les repas sont beaux sont sacrés
Qui font vivre les hommes

ACOUSMATE

Paix sur terre aux hommes de bonne volonté
Les maris voudraient agir l'outil n'a pas de manche
Sur les doigts de cet homme on voit des taches d'encre
Les hommes et les FEMMES sont tous insermentés

Les bergers écoutaient ce que disaient les anges
Leurs âmes s'apaisaient comme un midi d'été
Les bergers comprenaient ce qu'ils croyaient entendre
Car ils savaient déjà tout ce qu'ils écoutaient

Sur cette assiette Hélas! j'aperçois trois chiures
Mais presque toutes les mouches sont mortes de froid
Car c'est l'hiver oui mon vieux ça va bien ça va même
très bien
Ces pâtres sachant qu'un enfant venait de naître
Près de là
Sur ce coup de minuit d'un jour alcyonien
Se mirent tous en route au son de leurs musettes

TABLE

Ma table est rectangulaire, ses angles sont arrondis. Je fume la pipe bien que le tabac me dégoûte mais son amertume et sa brûlure me plaisent.

J'aurais voulu travailler ce matin mais je n'ai fait que fouiller de vieux brouillons à moi. Les machins où l'on adapte du papier buvard sont des trucs idiots, il vaut mieux sécher ce qu'on écrit avec du papier buvard non monté, c'est ce qu'il y a de mieux. Il est rose comme un visage fardé, peu à peu il noircit au centre rectangulairement. Maintenant je ne fais rien, j'écris ce que je vois, mon mouchoir est près de moi froissé. Il y a aussi une boîte d'allumettes suédoises à l'envers, elle est vieux rose avec un cercle rouge où il y [a] un A un M et un C avec une torche allumée. Ça me fait penser aux réclames de chemin de fer qui furent le principal du paysage à mon dernier voyage en chemin de fer et quelles jolies rumeurs dans les poteaux électriques sur les routes où je me promenai tout le jour.

A
T T
E
N T
ION
DANGER DE MORT

C'était écrit sur ces poteaux plus émouvants qu'un mélo. Je m'embête. Je vais casser une pipe de terre qui est vraiment mauvaise, il faut aussi que je jette quelques pipes en bois qui jutent vraiment trop puis en pensant à plusieurs choses à la fois, ayant mal à la nuque, les yeux fixes je vais m'arracher des peaux autour des doigts et si je saigne je me sucerai le doigt jusqu'à ce que l'obscurité étant complète je me lèverai pour allumer une lampe.

le dix AOÛT AVANT-VEILLE DU DÉPART

Au revoir Ami à bientôt

à HENRI SIÉGLER-PASCAL

canonnier servant son ami Guillaume Apollinaire

Qu'est-ce qui se passe

Je monte la garde à la poudrière
Il y a un chien très gentil dans la guérite
Il y a des lapins qui détalent dans la garrigue
Il y a des blessés dans la salle de garde
Il y a un fonctionnaire brigadier qui pince le nez aux ronfleurs
Il y a une route en corniche qui domine de belles vallées
Pleines d'arbres en fleurs qui colorent le printemps
Il y a des vieillards qui discutent dans les cafés
Il y a une infirmière qui pense à moi au chevet de son blessé
Il y a de grands vaisseaux sur la mer déchaînée
Il y a mon cœur qui bat comme le chef d'orchestre
Il y a des Zeppelins qui passent au-dessus de la maison de ma mère
Il y a une femme qui prend le train à Baccarat
Il y a des artilleurs qui sucent des bonbons acidulés
Il y a des alpins qui campent sous des marabouts
Il y a une batterie de 90 qui tire au loin
Il y a tant d'amis qui meurent au loin

Au secteur... 59

Au secteur cinquante-neuvième
On reçoit les colis
Romans quels qu'il soient je les aime
Policiers, voleurs je les lis

Mais surtout romans d'aventures
Pas de romans d'amour
Il faut des coups et des blessures
Comme on en voit ici chaque jour

De longs romans très populaires
Qui n'en finissent pas
Un pauvre prince une bergère
Qui s'égarent à chaque pas

Des Indiens dans les broussailles
Un bandit sous le lit
La justice avec ses tenailles
On tremble quand on lit

Dumas, Féval, Eugène Sue
Hugo, Gaboriau
Et cette liste que j'ai sue
Au temps que j'étais au maillot

Pauvre civil liseur de livres
De romanciers anglo-
Saxons, méninges ivres !
Envoyez-m'en donc un ballot.

Endurcis-toi vieux cœur entends les cris perçants
Que poussent les blessés au loin agonisants
Hommes poux de la terre ô vermine tenace

La Mort ô Vie attend son tour
Où fut la Ville sont les Cippes
La Haine crie où fut l'Amour
L'Iris est l'Ombre des Tulipes
Comme la Nuit après le Jour

4 h

C'est 4 h. du matin
Je me lève tout habillé
Je tiens une savonnette à la main
Que m'a envoyée quelqu'un que j'aime
Je vais me laver
Je sors du trou où nous dormons
Je suis dispos
Et content de pouvoir me laver ce qui n'est pas arrivé
  depuis trois jours
Puis lavé je vais me faire raser
Ensuite bleu de ciel je me confonds avec l'horizon jusqu'à la nuit et c'est un plaisir très doux
De ne rien dire de plus tout ce que je fais c'est un être
  invisible qui le fait
Puisqu'une fois boutonné tout bleu confondu dans le
  ciel je deviens invisible

La nuit descend comme une fumée rabattue
Je suis triste ce soir que le froid sec rend triste
Les soldats chantent encore avant de remonter

Et tels qui vont mourir demain chantent ainsi que des enfants
D'autres l'air sérieux épluchent des salades
J'attends de nouveaux poux et de neuves alertes
J'espère tout le courage qu'il faut pour faire son devoir
J'attends la banquette de tir
J'attends le quart nocturne
J'attends que monte en moi la simplicité de mes grenadiers
J'attends le grog à la gnole
    Qui nous réchauffe
    Dans les tranchées
La nuit descend comme une fumée rabattue
Les lièvres et les hases bouquinent dans les guérets

La nuit descend comme un agenouillement
Et ceux qui vont mourir demain s'agenouillent
Humblement
L'ombre est douce sur la neige
La nuit descend sans sourire
Ombre des temps qui précède et poursuit l'avenir

On les aura!

Ah! que c'est bien rire aux éclats
Des 210, des 150;
Que c'est bien de n'être pas las,
De sourire dans la tourmente

Dans la terre, (et n'oubliez pas
Que les Boches l'appellent *Erde*)
Entre deux combats, deux repas
Plus d'un brave poilu s'emm...

On ne peut s'amuser toujours
Du parfum qui subtil émane;
(Quelle friture aux p'tits amours!)
D'en face chez le pétomane

On n'a pas toujours du pinard,
Corniflot, tacot, cric ou gnole;
Les bagues c'est bien en retard;
Lettres aux marraines, c'est gnole

C'est pourquoi *Le Rire aux Éclats*
Est une idée exquise et crâne

Et naguère, au temps des lilas
L'Éclat tempêta sous mon crâne

J'en ris comme l'on rira
De vos éclats que tous vont lire
Riez poilus! ON LES AURA
Par le courage et le sourire

Méditation

Cette nuit est si belle où la balle roucoule
Tout un fleuve d'obus sur nos têtes s'écoule
Parfois une fusée illumine la nuit
C'est une fleur qui s'ouvre et puis s'évanouit
La terre se lamente et comme une marée
Monte le flot chantant dans mon abri de craie

Inscriptions pour des gravures

I

Vous qui m'écoutez Belle
Bien que je sois bien loin

II

Comme un grave empereur
Qui saurait l'avenir

III

Une créole de la Havane
Créée par Dieu l'amour la damne

IV

Allô la Destinée
Comment envoyer des baisers

INSCRIPTION A BRODER SUR UN COUSSIN
(Avec d'autres ornements)

Je suis la discrète balance
De ce que pèse ta beauté

ENSEIGNE PEINTE POUR UN BUREAU DE TABAC

Instruments et accessoires
Pour jouer la musique des Savanes

Mon amie je pense à toi
A ta couleur de soleil à ta grâce
La maison est vide depuis que mon rayon de soleil
Est allé se plonger dans la mer
Si tu vois les sous-marins
Dis-leur que je t'aime
Si les nuages s'accumulent
Dis-leur que je t'adore
Si la tempête fait rage contre les rocs du rivage
Dis-leur que tu es ma pierre précieuse
Si quelque grain de sable brille entre les mille grains de sable de la plage
Dis-lui que tu es la seule gemme que j'aime
Quand tu verras le facteur
Dis-lui avec quelle impatience j'attends tes lettres
Je t'envoie mille baisers mille caresses
Qui te rejoindront comme les mots rejoignent l'antenne de la télégraphie sans fil
Si tu vois des blessés
Dis-leur que ma seule blessure est celle que tu as faite à mon cœur
Si tu penses parfois songe que ma pensée est toujours avec toi
Et que je t'adore

Puisque les jours nous abandonnent
Comme une guirlande fanée
Cherchons ailleurs une couronne
        Abandonnée

Sera-ce un nimbe ou l'auréole
De nos transfigurations
Une lumière ou le symbole
        Des passions

Des passions qui furent flammes
Et qui brûlèrent notre cœur
Tel vient un cortège de femmes
        A l'air vainqueur

Je me souviens de mon enfance
Eau qui dormait dans un verre
Avant les tempêtes l'espérance
Je me souviens de mon enfance

Je songe aux métamorphoses
Qui s'épanouissent dans un verre
Comme l'espoir et la tristesse
Je songe aux métamorphoses

C'est ma destinée que je lis
Dans les reflets incertains
Les jeux sont faits rien ne va plus
C'est ma destinée que je lis

Léopold Survage

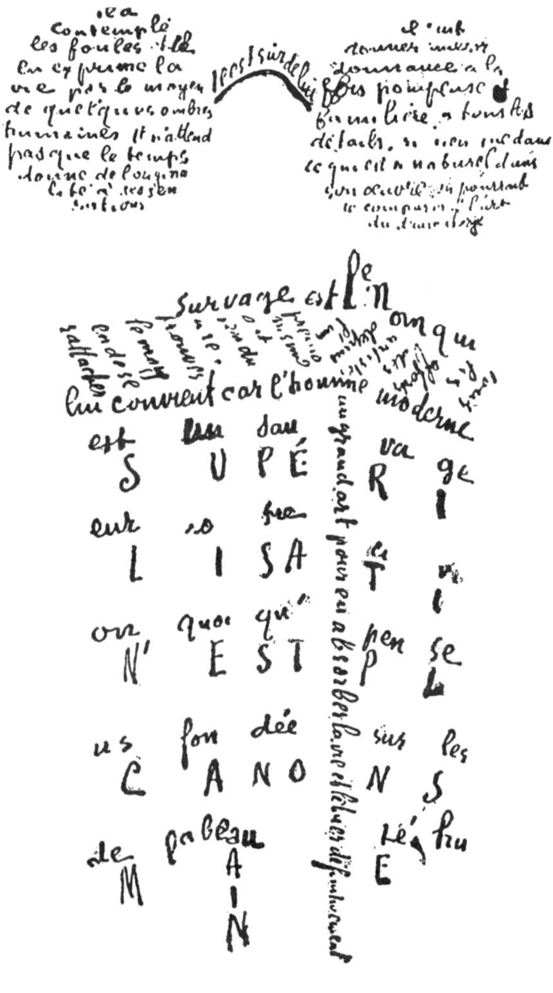

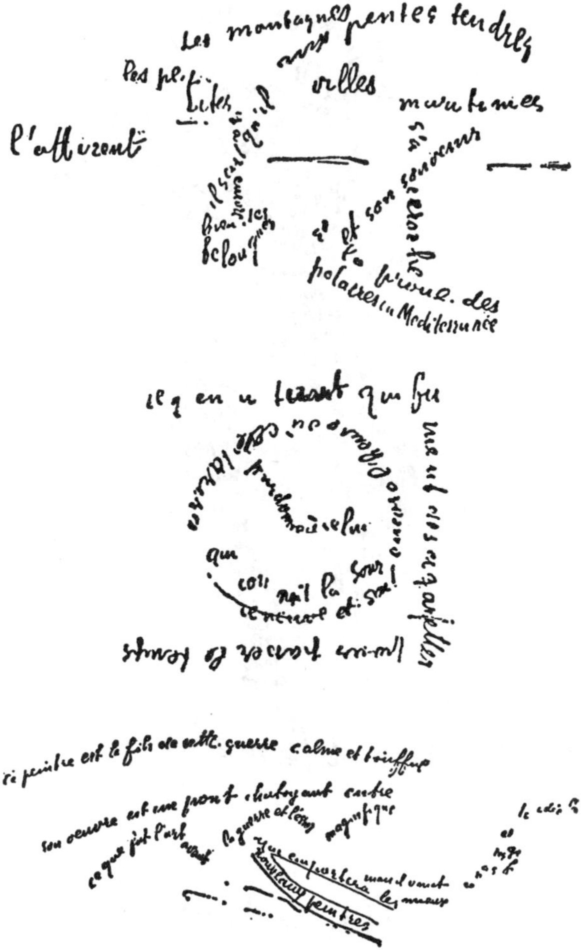
Les montagnes aux pentes tendres
villes
l'attirent
polacres en Méditerranée
calme et bouffonne
son oeuvre est une pont chatoyant entre
ce que fut l'art
les peintres

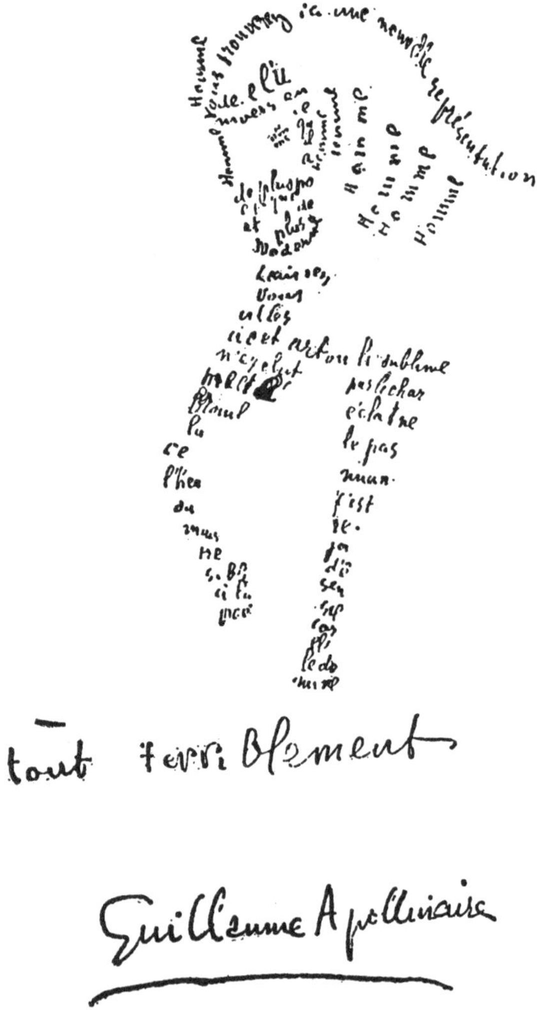
Vous trouverez ici une nouvelle représentation
tout terriblement
Guillaume Apollinaire

Irène Lagut

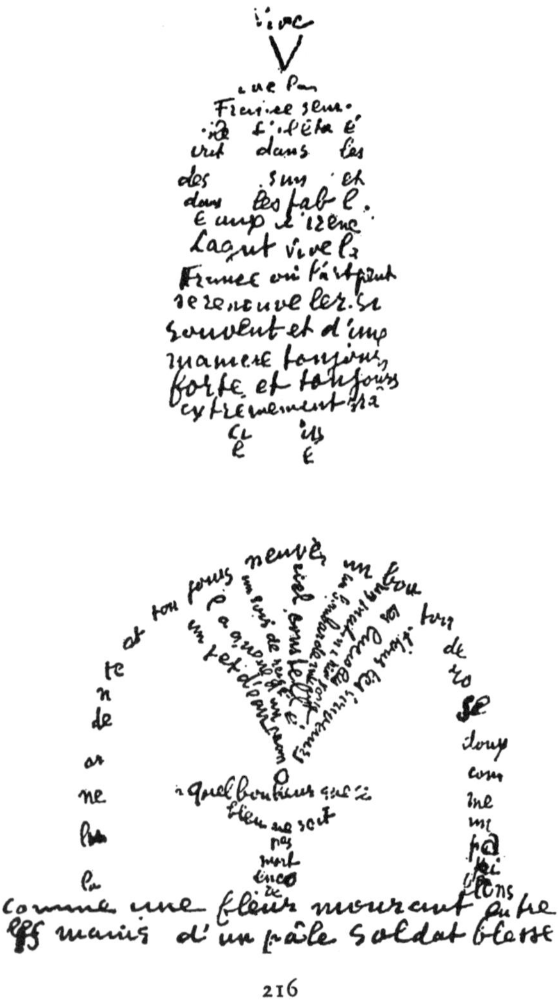
Vive
V
dans les fables
vive la
France où l'art peut
se renouveler si
souvent et d'une
manière toujours
forte et toujours
extrêmement sa
et toujours neuve
un bouton de rose
quel bonheur que le
bleu ne soit
pas
mort
encore
comme une fleur mourant entre
les mains d'un pâle soldat blessé

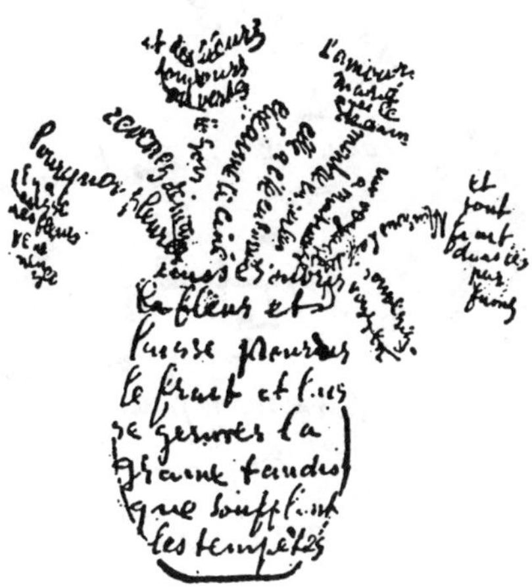
La fleur et
puisse fleurir
le fruit et puis
se germer la
graine tandis
que soufflent
les tempêtes

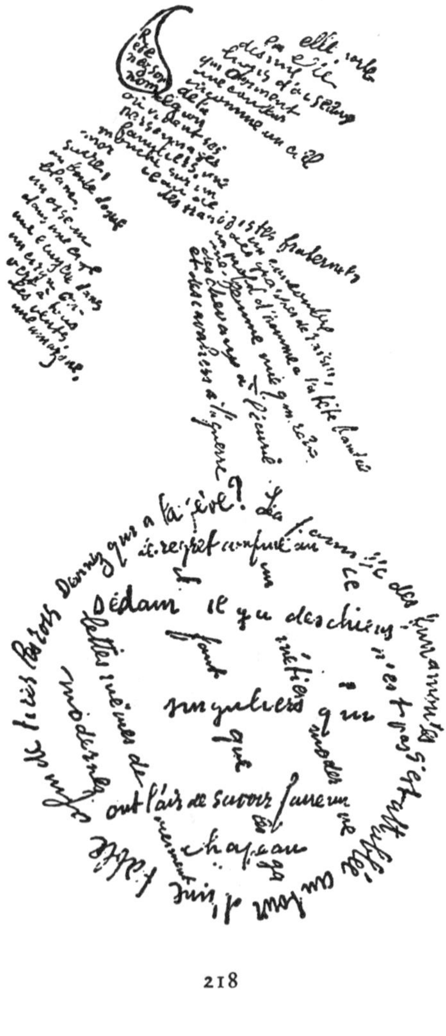

L'horloge de demain

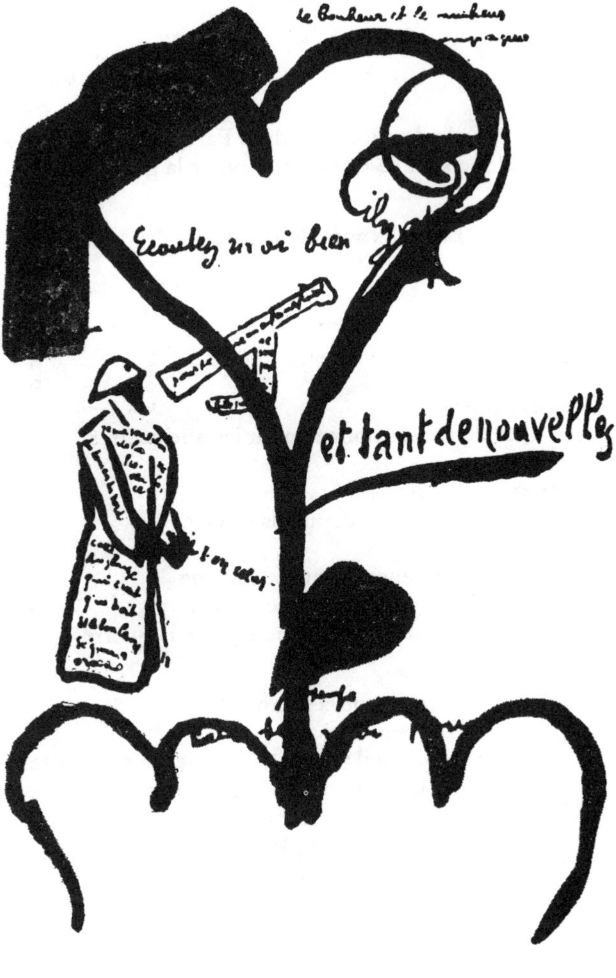

Orphée

A Pierre Varenne

Des cloches sonnent dans Paris
Il me semble que c'était avant la guerre

Le vieux monde pleure encore
Voici
venir
les
Il était si doux si joli
bannières
Démocratiques
Que de choses bonnes pour les antiquaires
ô
Cortèges Depuis
ô depuis la guerre
Fanfares
ô Maintenant tout est énorme
Tumultes Et il me semble que la paix
Sera aussi monstrueuse que la guerre

Le tic tac de mon réveille-matin

J'entends encore
les cloches

O temps de la tyrannie
Démocratique
Beau temps où il faudra s'aimer les uns les autres
Et n'être aimé de personne
Ne rien laisser derrière soi
Et préparer le plaisir de tout le monde
Ni trop sublime ni trop infime

Poèmepréfaceprophétie

I

Pierre Albert-Birot est une sorte de pyrogène
Si vous voulez enflammer des allumettes
Frottez-les donc sur lui
Elles ont des chances de prendre
Trop peu de pyrogènes aujourd'hui
Mais je ne dis rien des allumettes

II

Il m'a demandé une préface
C'est-à-dire une prophétie
Cependant je n'ai pas le front de prophétiser
Voici donc un poème
Puisque j'aime et que nous aimons les poètes
Mais si vous saviez comme j'aime les prophètes
Et cependant comme j'aime avant tout la réalité
L'avenir m'importe peu
Mais lui Pierre Albert-Birot il est
Avec vous
Avec moi
Le présent

III

Ce que fait Pierre Albert-Birot est si dépouillé
Ou plein d'une telle simplicité
Qu'à l'abord il surprend désagréablement
C'est qu'il n'a pas peur
Qu'on l'appelle un « primaire »
On aurait pu en dire autant à Charlemagne

IV

Si modeste qu'il a longtemps gardé l'anonymat
Il est orgueilleux à l'extrême
Pour ceux qu'il affectionne pour ce qu'il aime
Non pour lui-même
Et avant toute chose cela seul prouve qu'il y a
Aussi en lui cet esprit moderne qui est ce qu'il y a
Au monde
De plus éloigné de tout égoïsme

V

La tendresse est la réalité
Où il découvre des nouveautés poétiques
Elles sont formelles ou lyriques
Et si conformes à la vérité
Qu'on s'étonnera avant dix ans
D'avoir pu en être étonné
Et fraternellement je lui donne l'accolade
Et offre à son baiser de paix
La Margelle du Puits Capital

A l'Italie

Italie des temps passés de tous les temps
            Je t'aime
Autant que tu aimas la beauté de tous les temps
Mais je t'aime davantage encore
Italie qui fais la guerre
            Moderne Italie
            O Électrique
            O montagnarde
Toi qui glisses en ski sur les pentes blanches
            Italie
Dont les jeunes gens grandissent dans l'ascèse
            Italie
Dont les vieillards s'en vont majestueusement
            Tu t'envoles
            Tu étincelles
            Tu te sublimes
            Italie
            O divine
            O française

Il neige et cette nuit est très noire, très noire
Rien ne nous fait plaisir si vous n'êtes pas là
Et nous nous embêtons de façon péremptoire
Ne reviendrez-vous donc pas ô belles dents d'ivoire
Emerveillements d'yeux, voix qui donnez le la.

Sonnet pour une opale d'Asie sertie dans une épingle

L'opale merveilleuse où chatoie une aurore
Apporte les couleurs d'Italie à Paris
Car dans la gemme couve un beau feu tricolore
Un feu vert blanc et rouge aux reflets attendris.

Vous m'avez conservé l'amitié qui m'honore
Votre illustre amitié précieuse et sans prix.
Elle court un danger, danger dont je souris
L'épingle d'or ne peut pas la piquer encore

J'achète le cadeau que vous m'avez donné
Étant marchand de vers je paye en poésie
Et veux qu'en ce sonnet pour l'opale d'Asie

Vous trouviez mes souhaits pour l'an à peine né.
Qu'il soit pour vous bonheur douceur de vivre et gloire
Et pour nos deux pays une même victoire.

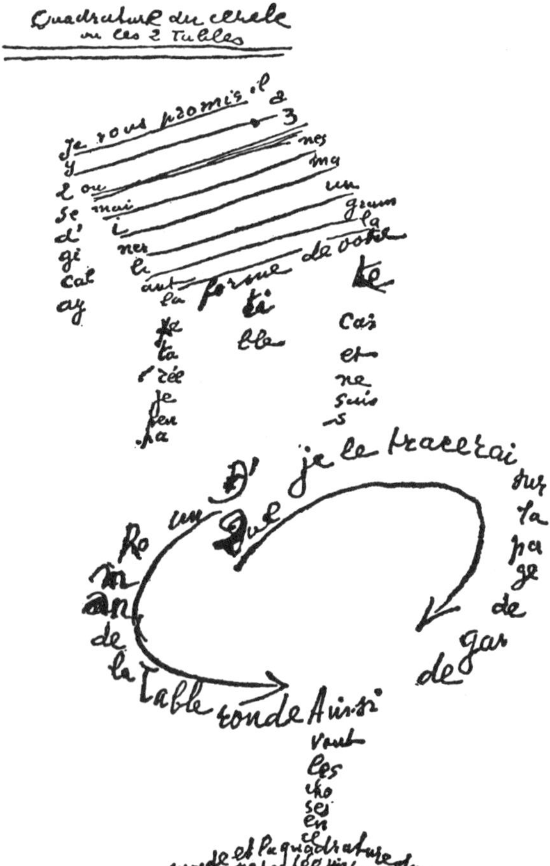
Quadrature du cercle
ou les 2 Tables
Je vous promis il y a 3
forme
de votre
je le tracerai sur la page de garde
de la Table ronde Ainsi
vont les choses en ce
Monde et la quadrature du cercle.

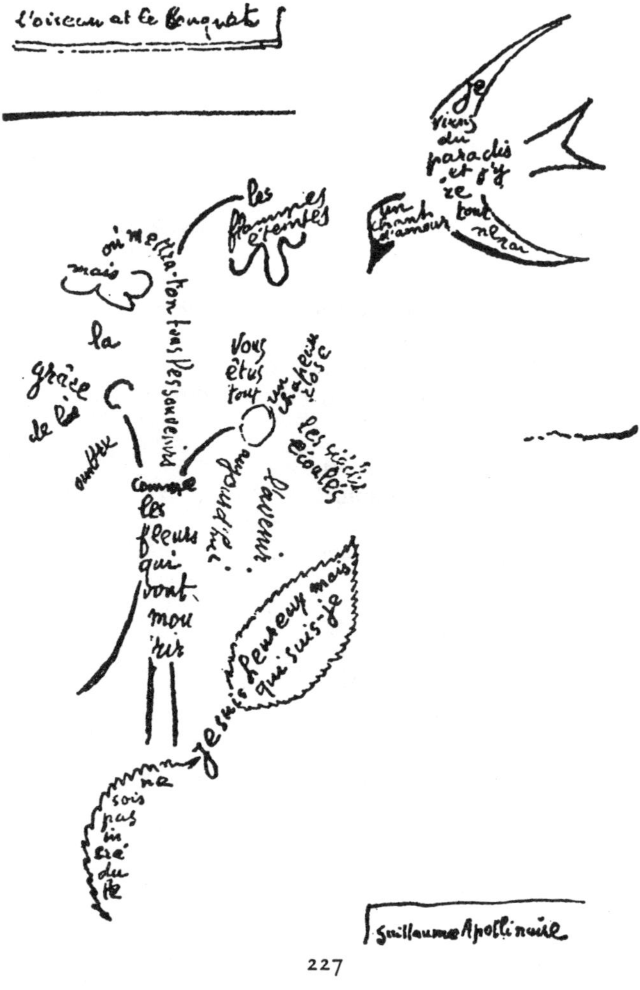
L'oiseau et le bouquet
je viens du paradis et j'y retournerai
ton chant d'amour
les flammes éteintes
où mettra-t-on tous les souvenirs
mais la grâce de l'ombre
comme les fleurs qui vont mourir
vous êtes tout un chapeau éclose
qui suis-je
je ne sois pas inquiète
Guillaume Apollinaire

Je suis la vie

Quand je songe à Dalize

Je suis la Vie... Je suis le Son et la Lumière...
Je suis la Chair des Hommes...
Je suis la substance sacro-sainte qui sert
La Pensée d'où jaillit l'Art, l'Amour qui console...

Je suis la Grandeur de la Vie,
Je suis la Chair des Hommes...
qu'on me vende ou qu'on me prostitue,
Je ne sers que les grandes choses...

Tout jaillit de mon marbre,
et aussi naturellement
que la fleur jaillit de l'arbre,
au printemps...

qu'à l'ombre de la nuit succède la Lumière
des jours...
que l'enfant naît de sa mère
toujours...

Tout le monde a couché sur l'orgueil de mon corps,
et j'ai versé la jouissance à tout le monde
aux faibles comme aux forts,
j'ai donné leur part de la Chair des Hommes...

Mais dans la maison où je prolongeais la Vie,
et qui avait l'air d'un hôpital —
il y avait des filles et des filles pâles,
jalouses de me voir vautrée avec leurs mâles.

— Et l'on m'a dit qu'Elles s'appelaient « Les Patries ! »

Les jalouses Patries m'ont déchirée un jour,
Moi ! la Pensée, Moi, l'Art, et Moi l'Amour !
Mais malgré leurs flèches sûres,
mon corps est splendide toujours.

Car elles ont fleuri, mes blessures,
et les mâles, brûlant toujours d'anciennes fièvres,
heureux que tout mon corps ne soit que lèvres,
Déjà, aux creux du lit moite, encore, se recouchent...

Souvenir des Flandres

J'ai goûté sur la dune où Dante a dû passer
Les couchants langoureux des pensives Zélandes;
Les clochers regardaient de la digue et des landes,
Bruges, sur ton canal les bélandres glisser.

Villes, vos monuments, églises et musées,
Renaissent en mon âme. O Flandres, je revois
Vos chefs-d'œuvre debout, et d'eux monte une voix
Qui dit : « *Nous renaîtrons, nous les pierres brisées* ».

Qui dit : « *Nous reviendrons, nous livres et tableaux,*
Nous autels, nous joyaux, et nous L'AGNEAU
MYSTIQUE,
Nous Châsse de Memlinc, cet éternel cantique,
Et nous ces fins d'été qui saignent dans les flots.

Nous renaîtrons : corons, hospices, béguinages,
Beffrois et carillons, négoces opulents.
Qu'importe le Malheur ! Sur les canaux dolents
Comme des cygnes vont les misères des ages.

Leur sillage s'efface aussitôt. Les destins
Rient dans les moissons d'or et dans le sein des mères.

Nous renaîtrions aussi, nous fêtes populaires,
Kermesses, Carrousels ». — O fraîcheur des matins,

Tendresse des longs soirs alanguis dans les Flandres,
Grands ports que chaque nuit colorent les fanaux,
Je me souviens de vous, eaux vertes des canaux
Où glissent lentement les pensives bélandres.

Si on me laissait faire

O temps ô seul chemin d'un point à un autre
Si on me laissait faire j'aurais vite changé
Le cœur des hommes et partout il n'y aurait plus
        Que de belles choses

Au lieu des fronts courbés au lieu de pénitences
Au lieu de désespoir et des prières il y aurait partout
Les reliquaires les ciboires les ostensoirs
Étincelant au fond des rêveries comme ces
Divinités antiques dont le rôle poétique
        Est près d'être terminé

Si on me laissait faire j'achèterais
Les oiseaux captifs pour leur rendre la liberté
Je les verrais avec une joie sans mélange
Prendre leur vol et n'avoir même pas l'idée
D'une vertu nommée reconnaissance
        A moins que ce ne soit gratitude

NOTE BIBLIOGRAPHIQUE

« Il faut tout publier », disait André Salmon dans sa préface à la première édition du *Guetteur mélancolique*. On a tout publié, ou presque, d'Apollinaire, les poèmes qui étaient inédits à sa mort en 1918 comme ceux qu'il avait laissés épars dans des revues, sans avoir eu le souci ou le loisir de les réunir en volume.

Ce fut d'abord le choix établi en 1925 par Jean Royère sous le titre *Il y a* [1]. Puis, en 1952, Robert Mallet et Bernard Poissonnier composèrent *Le Guetteur mélancolique*. Enfin, les poèmes qui ne figuraient ni dans l'un ni dans l'autre de ces recueils ont été rassemblés sous diverses rubriques dans le volume des *Œuvres poétiques* publié en 1956 dans la Bibliothèque de la Pléiade. Ces publications successives ont été, il faut le dire, assez désordonnées. C'est ainsi que les *Quelconqueries* qui avaient paru dans la revue *Lacerba* en 1914 et 1915 sont écartelées entre ces trois ensembles et que, de plus, ceux de ces poèmes qui ont été retenus dans *Le Guetteur mélancolique* sont disposés dans deux parties différentes du livre.

L'organisation du *Guetteur mélancolique* n'est cependant pas sans valeur. Les éditeurs ont tenté un classement des poèmes que, pour la plupart, ils avaient trouvés dans les manuscrits d'Apollinaire. Dans la première partie, *Stavelot*, ils ont groupé non seulement des poèmes écrits pendant l'été de 1899 dans la petite cité des Ardennes belges, mais d'autres antérieurs ou légèrement postérieurs. Les deux parties suivantes sont homogènes. *Rhénanes* complète les *Rhénanes* d'*Alcools* avec des poèmes qu'Apollinaire écarta de ce recueil les uns parce qu'ils faisaient double emploi, les autres

1. Voir dans cette collection *Poèmes à Lou* précédé de *Il y a*.

parce qu'ils étaient trop exclusivement pittoresques, ou avaient un caractère trop personnel. Les *Poèmes à Yvonne*, qui datent de 1903, sont, comme l'indiquent les extraits du *Journal* du poète donnés en exergue, de petites pièces de circonstance — que sans doute lui-même n'aurait pas publiées. La partie qui porte le titre de *Poèmes divers* est la plus importante et la plus complexe. Elle comporte à la fois des poèmes retrouvés dans des revues, des poèmes épistolaires datant de la guerre et, pour la moitié environ, des inédits, parmi lesquels certains ont été abandonnés et utilisés pour d'autres poèmes (ainsi, par exemple, *La Clef*, d'où sont sortis *L'Adieu*, *La Dame* et trois vers de *Rhénane d'automne*, ou *Le Printemps*, qui a fourni des éléments aux *Fiançailles*, au *Brasier* et à *L'Émigrant de Landor Road*). Enfin, des deux calligrammes qui suivaient, la présente édition n'en a conservé qu'un; en effet, l'autre, intitulé *Tout terriblement*, n'est qu'un fragment de la suite *Léopold Survage — Irène Lagut*, que nous avons donnée intégralement p. 212-218. Nous n'avons pas plus retenu l'article *Devant l'idéogramme d'Apollinaire*, signé Gabriel Arbouin, que les premiers éditeurs du *Guetteur mélancolique* avaient cru pouvoir attribuer à Apollinaire.

Les poèmes qui, en 1956, n'avaient pas encore été rassemblés, ont été répartis dans les *Œuvres poétiques* d'Apollinaire à la Bibliothèque de la Pléiade selon trois catégories : poèmes publiés par Apollinaire, poèmes publiés après la mort d'Apollinaire, poèmes inédits. Cette distinction avait sa raison d'être pour une première découverte, dans son étendue comme dans son histoire, de l'œuvre entière du poète. Elle nous semble moins justifiée maintenant que nous connaissons mieux Apollinaire et que notre attention se porte vers l'unité de son œuvre plutôt que vers les particularités de sa publication. C'est pourquoi nous avons renoncé ici à ces divisions pour présenter dans un ordre chronologique probable de composition les poèmes jusqu'à présent divisés en trois sections. Ainsi les *Poèmes retrouvés* qui forment la seconde partie de ce livre sont en quelque sorte un écho au *Guetteur mélancolique* qui, lui-même, fait écho aux grands recueils d'*Alcools* et de *Calligrammes*. Un tel jeu de reflets n'aurait sans doute pas déplu à Apollinaire.

Michel Décaudin

POÈMES PUBLIÉS PAR APOLLINAIRE

On trouvera ci-dessous la liste des poèmes recueillis dans Le Guetteur mélancolique *et les* Poèmes retrouvés *qu'Apollinaire avait publiés, avec la référence de la revue ou de l'ouvrage où ils ont paru.*

1903 : *Avenir* (*La Plume*, 1er mai).

1904 : *Passion* (*Le Festin d'Ésope*, février).

1905 : *Le Mendiant* (*La Revue immoraliste*, avril).
La Fuite (*La Plume*, 15 juin).

1907 : *Trente ans debout...* (*Je dis tout*, 19 octobre).

1908 : *Pipe* (*La Phalange*, février).

1909 : *Enfance* (*Les Visages de la vie*, *n°* 6, sous la signature de Louise Lalanne; voir p. 147 la suite intitulée *L'Amoureuse*).
Chanson (*Les Marges*, mars, sous la signature de Louise Lalanne).
Le Départ (*Le Beffroi*, avril, sous la signature de Louise Lalanne).
Élégie, *Crépuscule*, *La Vierge à la fleur de haricot* (dans *Poèmes rhénans*, *Le Voile de pourpre*, mai).

1913 : *Veille*, *Rencontre* (*Poème et Drame*, janvier).
Inscription pour le tombeau du peintre Henri Rousseau, douanier (*Les Soirées de Paris*, avril).
O Bateaux souvenirs... (*L'Intransigeant*, 19 août).
Ermenonville... (*L'Intransigeant*, 20 septembre).

1914 : *Tu te souviens, Rousseau...* (*Les Soirées de Paris*, janvier).
Banalités (*Lacerba*, 15 avril). Cette suite est composée de :

Voyage à Paris, *0,50*, *1890*, *Té*, *Le Tabac à priser*, *Anvers*, *Hôtel*.
Quelconqueries (*Lacerba*, 1er juin). Suite composée de : *Le Phoque*, *Fiord*, *69... 666... 6.9...*, *La Chaste Lise*, *Un dernier chapitre*, *Étoile*, *Chapeau-Tombeau*.
Quelconqueries (*Lacerba*, 15 juillet) : *Le Teint*, *A*, *Un matin*, *Petit Balai*.
Plongeon, *Mille Regrets*, *Nuit pisane* (sous le titre *Tour de Pise*), *Un soir d'été*, *Le Son du cor* (*La Revue franco-wallonne*, juillet).

1915 : *Quelconqueries* (*Lacerba*, 28 février) : *Le Repas*, *Acousmate*, *Table*, ainsi que *Fagnes* (ce dernier poème publié ensuite sous le titre *Fagnes de Wallonie* et recueilli dans *Il y a*).

1916 : *4 h.* (*La Voce*, 31 janvier).
Léo Larguier, soldat mystique... (*Le Double Bouquet*, mars).
On les aura (*Le Rire aux éclats*, novembre-décembre).

1917 : *L'Horloge de demain* (*391*, 25 mars).
Orphée (*La Revue normande*, avril-mai).
A L'Italie (*Avanscoperta*, 25 mai).
Poèmepréfaceprophétie, dans Pierre Albert-Birot, *31 Poèmes de poche*.
Léopold Survage — Irène Lagut, 12 calligrammes dans le catalogue de l'exposition de ces deux peintres (janvier).

1918 : *L'Enfant d'or* (*Les Trois Roses*, octobre-novembre).
Souvenir des Flandres (*Les Cahiers de l'Amitié de France et de Flandre*, 15 novembre).

1919 : *Je suis la Vie* (*La Forge*, février).
Le Singe, *L'Araignée* (*Les Veillées du Lapin agile*).
L'Oiseau et le Bouquet, dans Louise Faure-Favier, *Ces choses qui seront vieilles*.

TABLE

LE GUETTEUR MÉLANCOLIQUE

RHÉNANES (1901-1902)

POÈMES A YVONNE (1903)

POÈMES DIVERS (1900-1917)

POÈMES RETROUVÉS

DU MÊME AUTEUR

Dans la même collection

CALLIGRAMMES. *Préface de Michel Butor.*

ALCOOLS suivi de LE BESTIAIRE illustré par Raoul Dufy et de VITAM IMPENDERE AMORI.

POÈMES À LOU précédé de IL Y A. *Préface de Michel Décaudin.*

L'ENCHANTEUR POURRISSANT suivi de LES MAMELLES DE TIRÉSIAS et de COULEUR DU TEMPS. *Édition présentée et établie par Michel Décaudin.*

LE POÈTE ASSASSINÉ. *Édition présentée et établie par Michel Décaudin.*

Ce volume,
le cinquante-septième de la collection Poésie,
a été reproduit et achevé d'imprimer sur les presses
de l'imprimerie Bussière à Saint-Amand (Cher),
le 29 décembre 1993.
Dépôt légal : décembre 1993.
1er dépôt légal dans la collection : mai 1970.
Numéro d'imprimeur : 2480.
ISBN 2-07-030010-2./Imprimé en France.

66628